# POLLY LA FUTÉE
# ET CET IMBÉCILE DE LOUP

Catherine STORR est anglaise. Elle a exercé longtemps son métier de psychologue et de médecin, mais la littérature a fini par prendre la première place. Elle a écrit de nombreux livres pour enfants, ainsi que des romans pour adultes et des ouvrages de sociologie.

Du même auteur dans la même collection :

*Encore Polly, encore le loup !*
*Ils sont nuls, ces héros !*

Titre original :
*Clever Polly and the Stupid Wolf*

Publié chez Faber and Faber, Londres,
pour la première édition.

Loi n° 49-956 du 16 juillet 1949 sur les publications destinées
à la jeunesse : octobre 1994.

ISBN 2-266-00474-3

Catherine STORR

# Polly la futée
# et cet imbécile de loup

*Traduit de l'anglais par*
*Xavier Seguin*

*Illustrations de*
*Carlo Wieland*

NATHAN

*Ce livre raconte onze histoires de Polly, qui s'arrange toujours pour échapper au loup, parce qu'elle est plus futée que lui. Et ce n'est pas très difficile, car le loup n'est pas futé du tout. À vrai dire, c'est un imbécile.*

*La première histoire ne fait pas vraiment partie de ce livre. Elle raconte comment Polly a fait connaissance avec le loup. Comme c'est important à savoir pour comprendre les autres histoires, je l'ai placée au début. Il y a donc douze histoires dans ce livre, toutes les histoires de Polly et du loup.*

*La première histoire est toute petite, et c'est normal parce que Polly était toute petite à ce moment-là ; il lui fallait donc une histoire à sa taille. La voici.*

I

## POLLY LA FUTÉE

Un jour, Polly était toute seule au rez-de-
chaussée. Camille passait l'aspirateur à
l'étage, alors, quand la sonnerie a retenti,
c'est Polly qui est allée ouvrir la porte.
C'était un grand loup noir ! Il glissa une
patte à l'intérieur, en disant :

— Et maintenant, je vais te manger !

— Oh non, je t'en prie ! dit Polly. Je
ne veux pas être mangée !

— Oh si, dit le loup. Je vais te manger
tout de suite. Mais d'abord, dis-moi ce qui
sent bon comme ça ?

— Viens dans la cuisine, dit Polly, tu
vas voir.

Elle emmena le loup à la cuisine. Sur
la table, il y avait une magnifique tarte.

5

— Tu en veux ? dit Polly.

Le loup sentit l'eau lui monter à la bouche.

— Juste un peu, pour goûter, dit-il.

Polly lui coupa une part énorme. Le loup l'engloutit sans un mot, puis il en demanda une autre, et une autre encore.

— Dis donc, demanda Polly après la troisième fois, et moi, alors ?

— Désolé, dit le loup. Cette tarte était trop bonne, je n'ai plus faim. Je reviendrai plus tard pour m'occuper de toi.

Une semaine plus tard, Polly était à nouveau seule, et à nouveau la sonnerie retentit. Polly courut ouvrir. Et à nouveau, c'était le loup.

— Bon, dit-il. Cette fois-ci je vais vraiment te manger, Polly.

— Si tu veux, dit Polly. Mais d'abord, renifle un peu.

Le loup renifla un bon coup.

— Délicieux ! dit-il. Qu'est-ce que c'est ?

— Viens voir, dit Polly.

Dans la cuisine, il y avait un gros gâteau au chocolat.

— Tu en veux ? demanda Polly.

— Oui, dit le loup, en bavant d'avance. (Il en mangea six grosses tranches.)

— Et moi, ? dit Polly.

— Désolé, dit le loup. Ce gâteau était fameux. Il n'y a plus de place dans mon estomac. Je reviendrai.

Il se traîna jusqu'à la porte et disparut.

Une semaine plus tard, la sonnerie retentit. Polly ouvrit la porte. C'était le loup.

— Cette fois-ci, tu ne m'échapperas pas ! gronda-t-il. Je vais te manger toute crue !

— Renifle d'abord, dit Polly, gentiment.

— Splendide ! admit le loup. Qu'est-ce que c'est ?

— Du caramel, dit Polly d'un air tranquille. Mais vas-y, mange-moi toute crue !

— Je ne peux pas avoir un peu de caramel en apéritif ? demanda le loup. J'adore le caramel !

— Viens voir, dit Polly.

Le loup la suivit. Le caramel bouillonnait et frissonnait dans la casserole.

— Il faut que j'y goûte ! dit le loup.

— C'est très chaud, avertit Polly.

Le loup plongea une louche dans le caramel et la porta à sa bouche :

— OUH ! OUILLE ! OUH !

Le caramel bouillant lui collait à la langue et au palais, il avait la bouche complètement brûlée. Fou de douleur, le loup s'enfuit de la maison et NE REVINT PLUS JAMAIS !

## II

## POLLY LA FUTÉE
## ET CET IMBÉCILE DE LOUP

J'ai dit que le loup ne revint plus jamais ?
Je me suis trompé, il est revenu deux ans
après. Cette fois, Polly était assise à la fenêtre du salon. Elle vit le loup ouvrir le portail du jardin, en regardant tout autour.

Il leva la tête et il vit Polly.

— Bonjour, Polly, dit le loup.

— Bonjour, loup, répondit Polly.
Qu'est-ce que tu veux ?

— Je veux te manger, répondit le loup.
Et cette fois, je t'aurai !

Polly sourit. Elle savait qu'elle avait été
plus futée que le loup, la dernière fois. Alors
elle ne s'en faisait pas trop.

— Je ne vais pas te manger ce matin,

poursuivit le loup. Je reviendrai au milieu de la nuit, je grimperai à la fenêtre de ta chambre et je te mangerai toute crue. Au fait, dit le loup, la fenêtre de ta chambre, c'est laquelle ?

— C'est celle-ci, dit Polly, en levant un doigt. Tout en haut de la maison. Ça ne va pas être de la tarte pour grimper là-haut, pas vrai ?

Mais le loup ricana.

— Je suis plus futé que j'en ai l'air, dit-il. Je pensais bien qu'il faudrait grimper, alors je me suis préparé.

Polly voit le loup s'approcher d'une plate-bande où il creuse un petit trou dans la terre. Il jette quelque chose dedans, Polly ne voit pas ce que c'est, et il referme le trou.

— Loup, dit Polly, qu'est-ce que tu fabriques ?

— Hé, hé ! dit le loup. Tu vas voir comme je suis futé ! Je viens de planter un pépin de raisin ! Ce pépin deviendra vigne, la vigne escaladera le mur et moi j'escaladerai la vigne. Je n'aurai qu'à sauter dans ta chambre pour te manger toute crue !

Polly se mit à rire.

— Mon pauvre loup, dit-elle. Tu sais combien de temps il faut pour qu'un pépin se transforme en vigne ?

— Non, dit le loup. Deux ou trois jours ? C'est que j'ai si faim !

— Avec un peu de chance, dit Polly, dans une semaine ou deux, une petite pousse sortira peut-être de la terre. Mais il faudra des mois avant qu'elle grimpe sur la maison, et des années avant qu'elle atteigne ma fenêtre !

— Malheur ! dit le loup. Je ne vais pas attendre des années pour grimper à ta fenêtre. Qu'à cela ne tienne, je trouverai une autre idée, encore meilleure que celle-ci ! Au revoir Polly. À la prochaine !

Et il s'éloigna en trottinant.


Une semaine plus tard, Polly était de nouveau assise à la fenêtre du salon. Elle faisait de la couture et ne remarqua pas que le loup entrait dans le jardin. Quand elle entendit une sorte de grattement, elle leva les yeux et vit le loup qui plantait quelque chose dans la plate-bande.

— Bonjour, loup, dit Polly. Qu'est-ce que tu plantes, ce coup-ci ?

— Ce coup-ci, dit le loup, j'ai eu une idée fantastique. Je plante un truc qui va grimper tout de suite à ta fenêtre.

— Oh, dit Polly, ça m'intéresse. Qu'est-ce que c'est ?

— J'ai planté un échelon, dit le loup. Demain matin, une longue échelle se dressera sur le mur, jusqu'à ta fenêtre. 'J'ai choisi exprès un échelon de la plus grande échelle que j'ai pu trouver. C'est le premier échelon de l'échelle qui sert à réparer le clocher. Fini de rire, Polly ! Très bientôt, je vais monter à ta fenêtre, et miam ! plus de Polly !

Polly éclata de rire.

— Oh, loup, tu ne sais pas que les échelles ne poussent pas comme les plantes ? Tu peux bien planter un échelon ou n'importe quoi d'autre, jamais il n'en sortira une échelle ! Ce sont les hommes qui fabriquent les échelles. Avec une scie, un marteau et des clous. Mon pauvre loup ! Va-t'en, maintenant, et tâche de trouver une meilleure idée, si tu le peux.

Le loup, tout penaud, déguerpit, la queue basse.

Une semaine plus tard, Polly, qui savait à quoi s'en tenir, était assise à la fenêtre du salon et regardait la route.

— Qu'est-ce que tu attends ? lui demanda sa mère.

— J'attends cet imbécile de loup, dit Polly. Il va sûrement revenir aujourd'hui. Je me demande quelle nouvelle idée stupide aura germé dans sa grosse tête noire ?

Au même instant, la porte grinça et le loup entra. Il tenait quelque chose entre ses babines. Il le posa par terre et se mit à creuser un grand trou.

Polly le vit jeter ce qu'il avait apporté dans le trou ; puis il se redressa, avec un sourire béat.

— Loup, dit Polly, qu'as-tu planté ce coup-ci ?

— Ce coup-ci, dit le loup, tu ne t'en tireras pas. As-tu lu *Jack et le Haricot géant*, Polly ?

— Euh, je n'ai pas lu le bouquin, mais je connais l'histoire par cœur.

— Ce coup-ci, dit le loup, j'ai planté un haricot. Tous ceux qui connaissent l'histoire de Jack savent que les haricots poussent jusqu'au ciel en un rien de temps. Peut-être bien que je serai dans ta chambre avant le matin, en train de croquer le dernier de tes petits os tendres !

— Un haricot, vraiment ! dit Polly. Ça m'intéresse beaucoup... Où l'as-tu trouvé ?

— Je l'ai acheté chez l'épicier, dit le loup, et je l'ai payé avec mes sous, ajouta-t-il. J'en ai acheté une demi-livre, et ça m'a coûté trois francs tout rond. Mais ce n'est pas de l'argent gaspillé, vu que ça va me rapporter une jolie petite fille bien juteuse.

— Tu l'as acheté ? dit Polly. Et tu l'as payé avec tes sous ?

— Avec mes sous à moi, dit le loup, noblement.

— Ce n'est pas quelqu'un qui te l'a donné, non ? insista Polly.

— Absolument pas ! dit le loup. (Il avait l'air rudement fier.)

— Tu ne l'as pas échangé avec quelque chose, par hasard ? s'entêtait Polly.

— Non, non, dit le loup qui n'y comprenait rien.

— Mon pauvre loup, dit Polly avec pitié. Tu n'as pas lu *Jack et le Haricot géant* comme il faut. Tu ne sais pas que seul un haricot magique peut grimper jusqu'au ciel en un rien de temps ? Et les haricots magiques, ça ne s'achète pas. C'est un vieillard qui te les donne, en échange d'une vache ou quelque chose comme ça. Tu peux acheter autant de haricots que tu voudras, ça ne te mènera pas loin.

Deux grosses larmes roulèrent entre les cils du loup.

— Mais je n'ai *pas* de vache ! hurla-t-il.

— Si tu en avais une, tu n'aurais pas besoin de me manger, lui fit remarquer Polly. Tu n'aurais qu'à manger la vache. Pas de chance, loup, tu ne m'auras pas encore ce coup-ci. Reviens me voir dans un mois ou deux, on mangera des haricots, si tu veux.

— Je *déteste* les haricots, soupira le loup, et il m'en reste une demi-livre à la maison. (Il fit mine de partir.) En tout cas, ne te crois pas trop futée, ma vieille Polly. Un jour ou l'autre, cet imbécile de loup finira pas t'avoir !

De ce côté-là, Polly la futée pouvait dormir tranquille.

III

POLLY-CHAPERON ROUGE

Tous les quinze jours, Polly traversait toute la ville pour rendre visite à sa grand-mère. Parfois, elle lui apportait un petit cadeau mais, le plus souvent, c'est elle qui revenait avec un cadeau. Parfois, toute la famille l'accompagnait mais, le plus souvent, elle y allait toute seule.

Un jour, comme elle s'apprêtait à partir, elle est tombée sur cet imbécile de loup qui l'attendait devant la porte.

— Bonjour, Polly, dit le loup. Puis-je te demander où tu vas comme ça ?

— Oui, tu peux, dit Polly. Je vais voir ma grand-mère.

— J'en étais sûr ! dit le loup, enchanté. Je connais un livre sur une petite fille qui rend visite à sa grand-mère ; c'est même mon histoire préférée.

— Ce ne serait pas *Le Petit Chaperon rouge*, par hasard ?

— Justement ! s'écria le loup. Je l'ai lu à haute voix des dizaines de fois. J'adore ce bouquin. Le loup finit par manger la grand-mère et le Petit Chaperon rouge. C'est une des seules histoires où le loup ne reste pas sur sa faim, ajouta-t-il tristement.

— C'est bizarre. Dans mon livre à moi, il ne mange pas le Petit Chaperon rouge, dit Polly. Son père arrive juste à temps pour tuer le loup !

— Oh ! Dans mon livre à moi, il ne fait pas ça ! dit le loup. J'espère que mon livre est le bon, et que le tien n'est qu'une invention. De toute façon, c'est une excellente idée.

— Quelle idée ? demanda Polly.

— L'idée d'attraper les petites filles quand elles vont chez leur grand-mère, dit le loup. Maintenant, où dois-je aller ?

— Je ne comprends pas, dit Polly.

— Oh, je veux dire, où dois-*tu* aller ? dit le loup. Ah, voilà ! Je dois te demander :

« Où habite-t-elle ? » Où habite ta grand-mère, Polly-Chaperon rouge ?

— De l'autre côté de la ville, répondit Polly.

Le loup fit la grimace.

— Il fallait dire : « Au fond du bois », dit-il. Enfin, va pour la ville. Et comment y vas-tu, Polly-Chaperon rouge ?

— D'abord, je prends le train et puis je prends le bus, dit Polly.

Le loup tapa du pied.

— Non, non et non ! hurla-t-il. Ça ne va pas du tout ! Tu ne dois pas dire ça ! Tu dois répondre : « Par ce sentier qui court entre les arbres », ou un truc du même genre. Tu n'as pas le droit de prendre des trains, des bus et des machins. C'est pas de jeu !

— Écoute, je peux dire tout ce que tu veux, mais ce n'est pas vrai. Il faut que je prenne le train et le bus si je veux aller voir ma grand-mère. C'est comme ça, et je n'y peux rien.

— Mais alors, ça ne marchera jamais ! dit le loup avec impatience. Je ne pourrai pas arriver avant toi pour engloutir la grand-mère, enfiler ses habits pour te faire croire que je suis elle, et puis... et puis, de toute façon, je n'ai pas d'argent pour le train. Tu ne peux pas dire ça.

— Bon, alors je ne le dis pas, dit Polly gentiment, mais c'est vrai tout de même. Maintenant, je suis désolée, loup, mais il faut que j'aille à la gare si je ne veux pas louper mon train. J'ai l'argent, moi.

Le loup trotta derrière Polly en grommelant. Il la suivit jusqu'au guichet, il l'entendit demander son billet, il la regarda passer sur le quai et ce fut tout. Sans argent, il ne pouvait aller plus loin.

Le train s'éloigna avec Polly, tandis que le loup rentrait chez lui, penaud, la queue basse.

Mais, quinze jours plus tard, le loup revint attendre Polly devant chez elle. Ce coup-ci, il avait plein de monnaie dans sa poche. Il avait même un bouquin sous la patte, pour lire dans le train.

Il s'était à moitié caché derrière un coin de mur et il attendait que Polly s'en aille chez sa grand-mère.

Seulement, quand Polly est sortie, elle n'était pas seule, comme la dernière fois. Toute la famille l'accompagnait. Ils sont montés dans la voiture stationnée au bord de la route, et le père de Polly a démarré.

Le loup se mit à courir le long du mur, aussi vite qu'il put, et il arriva juste à temps pour s'arrêter devant la voiture, en remuant la patte comme un auto-stoppeur.

Le père de Polly ralentit, et la mère de Polly baissa la vitre.

— Où allez-vous ? demanda-t-elle.

— Je vais chez la grand-mère de Polly, dit le loup.

Rien que de voir les petites filles dodues sur la banquette arrière, il avait l'estomac qui gargouillait.

— Tiens ! Mais c'est là que nous allons ! dit la mère. Vous la connaissez donc ?

— Oh non, dit le loup. Mais, voyez-vous, il faut que j'y sois très vite pour avoir le temps de la manger, d'enfiler ses habits et d'attendre Polly pour la manger aussi.

— Juste ciel ! dit le père de Polly. Quelle horrible idée ! Si vous avez l'intention de faire une chose pareille, ne comptez pas sur nous pour vous prendre en auto-stop !

La mère de Polly releva la vitre et le père de Polly démarra aussitôt. Le loup resta planté au bord de la route, comme un imbécile.

— Malheur ! se dit-il, furieux. C'est encore raté ! Et pourtant, dans le bouquin, tout se passe si bien ! Évidemment, le Petit Chaperon rouge ne prend pas le train ni le bus. C'est ce maudit train qui flanque tout par terre !

Mais le loup s'était juré d'avoir Polly, et deux semaines plus tard, le jour où elle devait retourner chez sa grand-mère, le loup prit un billet. Il se souvenait de la station où il fallait descendre, il avait entendu Polly demander son billet. Puis il prit le bus, et bientôt il était devant la maison de la grand-mère.

— Ah ! ah ! se dit-il, ce coup-ci, je les aurai toutes les deux. La grand-mère d'abord, et Polly pour finir !

Il poussa le portail, traversa le jardin et cogna rudement contre la porte.

— Qui est là ? demanda une voix à l'intérieur.

Le loup était ravi. Cela se passait exactement comme dans le bouquin. Ce coup-ci, il n'y aurait pas de bavures !

— C'est Polly-Chaperon rouge ! dit-il d'une toute petite voix. Je viens voir ma chère grand-mère et je lui apporte des œufs, du beurre frais et... euh... de la galette !

Il y eut un long silence. Puis la voix reprit, incrédule :

— *Qui* est là ? Je n'ai pas bien compris...

— Polly-Chaperon rouge, dit le loup très vite, en oubliant de déguiser sa voix. Je viens manger ma chère mère-grand avec des œufs et du beurre !

Il y eut un silence plus long encore. Puis la grand-mère de Polly passa la tête à la fenêtre et vit le loup.

— Je vous demande pardon ? dit-elle.

— Je suis Polly, dit le loup d'une voix ferme.

— Oh ! dit la grand-mère de Polly. (Elle avait l'air de se creuser la tête.) Bonjour, Polly. Sais-tu si quelqu'un d'autre doit venir me voir cet après-midi ? Un loup, par exemple ?

— Non. Si, dit le loup, complètement perdu. J'ai croisé une Polly en venant — c'est-à-dire que moi, Polly, j'ai vu un loup sur le chemin, mais ce n'est pas possible qu'elle soit déjà ici, vu que je suis parti très tôt exprès.

— Bizarre, dit la grand-mère. Es-tu bien sûre que tu sois Polly ?

— Sûr et certain ! dit le loup.

— Dans ce cas, je me demande qui peut bien être ici avec moi, dit la grand-mère. Elle a dit qu'elle était Polly. Mais si Polly, c'est toi, alors l'autre personne ne peut être que le loup.

— Non, non, Polly, c'est moi, dit le loup. Et de toute façon, tu n'as pas à me raconter tout ça. Tu dois juste dire : « Tire la chevillette et tu entreras chez moi. »

— Pas question ! dit la grand-mère de Polly. Je ne veux pas que ma petite Polly soit dévorée par un loup, et si tu entres maintenant, le loup qui est avec moi risquerait de te dévorer.

Une autre silhouette apparut à la fenêtre. C'était Polly.

— Pas de chance, mon pauvre loup, dit-elle. Tu ne savais pas que je venais pour déjeuner ce coup-ci, au lieu de venir pour le goûter comme d'habitude. Je suis arrivée avant toi. Et si tu es Polly, comme tu le prétends, alors je suis le loup, et tu as intérêt à déguerpir avant que je te dévore ! Miam !

— Malheur, malheur, malheur de MALHEUR ! dit le loup. C'est encore raté comme à tous les coups. Pourtant, j'ai fait exactement comme dans le bouquin. Pourquoi est-ce que je ne peux pas t'avoir, Polly, alors que cet autre loup a pu avoir la petite fille ?

— Parce qu'on n'est pas dans un conte de fées, dit Polly. Je ne suis pas le Petit Chaperon rouge. Je suis Polly, et tu ne m'auras jamais, mon pauvre loup, parce que je suis bien trop futée pour toi.

— Brave petite ! dit la grand-mère de Polly.

Et le loup s'en alla en grommelant.

# IV

## UN LOUP BIEN VISIBLE

Un matin, Polly descendait la grand-rue, quand elle vit le loup sur l'autre trottoir. Il faisait de drôles de choses. Tantôt, il tirait la langue aux passants, tantôt, il dansait et trépignait sur place. Parfois même, il faisait mine de taper sur une tête. Quelques-uns se retournaient pour le regarder, mais, dans l'ensemble, les gens étaient trop bien élevés pour faire attention à lui.

Dans cette rue pleine de monde, Polly n'avait pas peur du loup. Elle traversa et s'approcha du loup, qui faisait des grimaces à un bébé dans son landau.

— Loup, dit-elle, tu te conduis comme un voyou. Qu'est-ce qui te prend ?

Le loup fit un bond d'un mètre vingt

et retomba comme une loque, en tremblant de tous ses membres.

— Tu m'as fait peur, dit-il d'une voix faible. (Ses dents claquaient si fort que Polly pouvait les entendre.) Je ne m'attendais pas à ce que tu me parles. Comment sais-tu que je suis ici ?

— Ne dis pas de bêtises, dit Polly. Bien sûr que tu es ici ! Je te vois bien !

— Tu me vois ? dit le loup, au comble de la surprise.

— Naturellement. Et je vois aussi que tu te conduis comme un voyou. Je n'ai jamais rien vu de semblable.

— Mais non, tu ne me vois pas, protesta le loup.

— Mais si, je te vois.

— Mais je suis invisible.

C'était au tour de Polly d'être surprise. Bouche bée, elle ne trouvait rien à répondre.

Enfin, elle reprit ses esprits et lui demanda :

— Tu es *comment* ?

— Je suis invisible. Tu ne me vois pas. Personne ne me voit !

— Mon pauvre loup ! dit gentiment

Polly. Il y a quelque chose qui ne va pas ? Il fait trop chaud, le soleil a dû te taper sur le crâne.

— Le soleil n'a rien à y voir ! Et toi non plus ! Je suis invisible, je te dis. Je ne sais pas comment tu fais pour me voir, en tout cas, je suis invisible pour tous les autres !

— Comment le sais-tu ?

— Je le sais parce qu'elle me l'a dit.

— Qui ça ?

— La sorcière à qui j'ai acheté la recette, évidemment ! Ce n'était pas donné, mais je me suis dit que ça en valait la peine. Maintenant que je suis invisible, je vais pouvoir venir quand tu ne t'y attendras pas, je vais t'attraper, je vais te manger et il n'y aura pas à discuter. Avec toi, il faut toujours discuter à n'en plus finir, c'est terrible ! dit le loup tristement. Dès que j'ai mis au point un nouveau plan pour t'avoir, il faut toujours que tu te mettes à discuter, et c'est moi qui me fais avoir. Tu t'arranges toujours pour me faire tourner en bourrique, et je ne sais plus si c'est le début ou la fin, si j'ai le ventre vide ou le ventre plein. Et ça rate à tous les coups, poursuivit-il amèrement. Tu t'en vas libre comme l'air, et je reste avec ma faim de loup.

— Alors tu es allé voir une sorcière pour qu'elle te rende invisible, coupa Polly. Apparemment, elle n'est pas douée, ajouta-t-elle.

— Elle ne m'a pas rendu invisible tout de suite. Elle m'a dit ce qu'il fallait faire pour devenir invisible.

— Quoi ?

— D'abord, je devais attendre une nuit de pleine lune — c'était avant-hier — pour trouver un œuf de perdrix et une... hé là ! dit tout à coup le loup, je ne vais pas te donner le truc ! Je l'ai payé assez cher ! Si tu veux le connaître, tu n'as qu'à te le payer aussi.

— Ça ne m'intéresse pas, dit Polly, merci bien. Ça n'a pas l'air très efficace.

— Comment ça, pas efficace ? dit le loup, furieux.

— Évidemment. Tu n'es pas invisible du tout. N'importe qui peut te voir. Tu es aussi épais, aussi noir et aussi laid que d'habitude.

— Nooon ! hurla le loup, ce n'est pas

vrai ! J'ai fait un tas de trucs pour en être sûr, et je suis invisible, c'est certain ! Personne n'a fait attention à moi, et si les gens avaient pu me voir, ils m'auraient regardé.

— Qu'est-ce que tu as fait, comme trucs ? Je t'ai vu tirer la langue, je t'ai vu danser et faire des grimaces, mais qu'est-ce que tu as fait d'autre ?

— Tu sais que je marche toujours sur mes pattes de derrière quand il y a des gens, pour avoir l'air comme eux, dit le loup. Eh bien, j'ai marché à quatre pattes depuis la boucherie jusqu'ici, et personne ne m'a seulement jeté un coup d'œil.

— Normal, dit Polly. Ils t'ont pris pour un grand chien, voilà tout.

Le loup renifla furieusement et continua :

— J'ai fait une affreuse grimace à un bébé dans son landau, et il n'a rien remarqué.

— Oui, j'ai vu ça, dit Polly. Si j'avais été le bébé, je te les aurais rendues, tes grimaces. Mais les bébés ont l'habitude, tout le monde leur fait des grimaces. Ils n'y font plus attention. Quoi d'autre ?

— Tu vois cette fontaine sur la place ? Je suis entré dedans, j'ai pris un bon bain, je me suis même savonné avec une savonnette, j'ai fait des éclaboussures, et personne n'a sourcillé.

— Ils ont dû se dire que tu avais vraiment besoin de prendre un bain, et les gens bien élevés ne regardent pas quelqu'un qui fait sa toilette. C'est tout ce que tu as fait, loup ?

Le loup se dandinait, hésitant.

— Pour moi, c'était assez, dit-il. Mais quand même, j'ai voulu faire quelque chose que les gens remarqueraient forcément si je n'étais pas vraiment invisible.

Il s'interrompit.

— Oui ? Et qu'as-tu fait ? demanda Polly sur un ton encourageant.

— Bien sûr, je sais que c'est un truc de gosses, dit le loup. Je ne fais pas ça d'habitude, hein...

— Ah bon ?

— Enfin, je n'avais pas fait ça depuis des années. Mais c'était une preuve, tu comprends ?

— Je comprendrais mieux si tu me le disais.

— Je voulais vraiment sortir de l'ordinaire.

— D'accord, d'accord. Vas-y, dis-moi.

— Eh bien, j'ai couru dans la rue.

— C'est tout ? demanda Polly, très déçue.

— Non. Il me semble que j'ai dû dire : « en voiture ! » une ou deux fois.

— En voiture ?

— Et j'avais un sifflet. De temps en temps, j'ai soufflé dedans.

— Ah bon ! Tu as couru, tu as sifflé et tu as dit : « en voiture ! ».

— Oui, et entre-temps, j'ai dû dire « Tchouk ».

— « Tchouk », c'est tout ?

— Non, je crois que je disais « tchouk-tchouk ». Ça fait plus vrai, tu comprends. Le bruit d'une chaudière à vapeur...

— Ah, tu jouais au train ! s'exclama Polly. Tu n'as rien dit de plus ?

— Il y a un bruit spécial que font les roues des wagons sur les rails. Ça fait : « tapada-ka ».

— Alors de temps en temps, tu disais
« tapada-ka » ?

— Et puis « topodo-ko ». « Tapada-
ka, topodo-ko, tapada-ka, topodo-ko ».
Remarquable imitation, n'est-ce pas ?

— Tout à fait remarquable, acquiesça
Polly. Tu as couru, tu as en-voituré, tu as
sifflé, tu as tchouké, tu as tapadaké, tu as
topodoké. Rien d'autre ?

— J'avais un drapeau vert que j'agitais.

— C'est tout ?

— Je ne sais plus comment, il y a longtemps, je me suis procuré une casquette de
porteur, dit le loup, prudemment.

— Alors, tu l'as mise ?

— Avec mon étoile de shérif, naturellement. Tout ça renforce l'effet.

— Et où as-tu donné ce spectacle
remarquable, loup ? demanda Polly.

— Ici, dit le loup. Dans la grand-rue.

— Et personne ne t'a regardé ?

— Il faut dire que mon bruitage a fait
de l'effet, reconnut le loup. Et comme j'étais
invisible, bien sûr, les gens étaient surpris
d'entendre — euh ! — le bruit d'un train
sans rien voir du tout.

— Alors ils t'ont remarqué ?

— Il y a des gens qui ont regardé dans ma direction, ça oui. Mais comme ils ne voyaient rien, ils n'arrivaient pas à comprendre d'où venaient ces bruits. Ah ! là ! là ! Tu aurais dû voir la tête qu'ils faisaient !

— Oh ! mon pauvre loup ! s'exclama Polly. Tu t'es ridiculisé devant tout le monde. Bien sûr qu'ils t'ont vu !

— Impossible, coupa le loup, j'étais invisible.

— Loup, dit Polly sérieusement, si tu es invisible, personne ne peut te voir ?

— Personne !

— Même pas toi ?

— Même pas moi ?

— Loup, dit gentiment Polly, regarde un peu tes pieds invisibles.

Le loup baissa les yeux.

— Quelqu'un a laissé deux traces de pattes sales sur ce trottoir, dit-il d'un ton sévère.

— Ce sont tes propres pattes sales, mon loup.

— Non ? Et ces trucs noirs au-dessus, ce sont... ?

— Ce sont tes jambes, eh oui !

Le loup leva une patte, puis l'autre. Il les examina soigneusement. Il se retourna et lorgna sa queue. Il loucha pour voir le bout de son museau.

— Est-ce que je suis complètement visible, Polly ? demanda-t-il d'une toute petite voix.

— Complètement, mon loup.

— Tout à fait complètement ?

— Oui, mon loup.

— Tu veux dire que tout le monde m'a vu faire le train ? Ils m'ont vu siffler ? Ils m'ont vu faire « tchouk-tchouk » ?

— Et « topodo-ko, tapada-ka », mon loup.

— Je ne pourrai plus jamais me promener ici la tête haute, dit le loup, piteux. Me donner ainsi en spectacle, devant toute la ville ! Quelle honte ! Je n'oserai même plus regarder un bébé en face ! Et tout ça, c'est ta faute, Polly. Je n'aurais jamais essayé d'être invisible si je n'avais pas tellement envie de te manger. Mais tant pis. Visible ou invisible, je finirai par t'avoir, et tu payeras pour tout ça !

Ce coup-ci, Polly lui a laissé le dernier mot. Elle avait honte pour lui, ce pauvre loup qui s'en allait la queue basse, ce pauvre loup risible, et bien visible.

# V

## PFFOU !

Tout était calme et ensoleillé quand Polly entendit dehors un bruit extraordinaire. On aurait dit une petite tempête. Elle cntendait le vent souffler au coin de la maison, mais les feuilles des arbres ne dansaient pas ; tout restait calme.

Le bruit s'arrêta. Polly se remit à lire.

Puis le bruit reprit. Le linge qui séchait derrière la maison se mit à bondir sur sa corde, mais les nuages n'avançaient pas, les feuilles ne remuaient pas. Extraordinaire.

Et le bruit s'arrêta brusquement, comme la première fois. Polly alla voir à la fenêtre du salon, qui donne sur le devant du jardin. Elle ne vit rien. Elle alla voir à la fenêtre de la cuisine, qui donne sur l'arrière.

Elle vit le loup. Il était grimpé sur le mur du jardin, et il s'éventait avec une grande feuille de platane.

Il était rouge sous son poil noir.

Et Polly le vit lâcher son éventail, et commencer une gymnastique impossible.

D'abord il s'est plié en deux et s'est redressé.

Puis il a mordu deux ou trois fois dans le vide, comme s'il voulait avaler de larges goulées d'air.

Et puis il a rejeté sa tête en arrière et il a reniflé bruyamment. Enfin, il s'est à nouveau plié en deux et il a commencé à inspirer. Il a inspiré, inspiré tant et si bien qu'il s'est mis à enfler, enfler, enfler. Et le mince loup noir est devenu un énorme loup noir ; sa poitrine était ronde comme un tonneau. Alors, il a soufflé.

« C'était donc ça, ce bruit extraordinaire », se dit Polly. Elle ouvrit la fenêtre de la cuisine et se pencha au-dehors. Derrière elle, les rideaux volaient dans la tempête du loup.

— Hé ! loup ! que fais-tu ? lui cria-t-elle quand il fut à bout de souffle.

— Oh rien, dit le loup. Je m'entraîne,
c'est tout.

— Tu t'entraînes ? s'étonna Polly.
Pour quoi faire ?

41

— Pour souffler ta maison, bien sûr !

— Souffler ma maison ? demanda Polly. Tu veux dire : jusqu'à ce qu'elle s'envole ? Voyons, c'est impossible. Elle est bien trop solide !

— Elle a l'air solide, c'est vrai, admit le loup. Mais ce n'est qu'une apparence. Et si je m'entraîne comme il faut, un beau jour, tu verras, mon souffle l'emportera, comme un brin de paille. Et alors, je te mangerai !

— Mais c'est une maison de brique, dit Polly.

— Je sais que ça ressemble à des briques, mais ce ne sont pas des briques. Je sais bien que c'est de la boue, non ?

— Tu penses aux *Trois petits cochons* ? demanda Polly. Les deux premiers s'étaient construit une maison de boue et une maison de brindilles, pas vrai ?

— Exactement ! dit le loup. Mais comme il n'y a qu'une seule maison ici, je pense que tu en as construit deux autres ailleurs, une en brindilles, et une en brique.

— La maison en brique, c'est celle-ci, affirma Polly.

— Où as-tu construit les deux autres ? demanda le loup.

— Nulle part. Il n'y a que celle-ci, et encore, je ne l'ai pas construite, elle était déjà là quand je suis née.

— Tu es bien sûre qu'il n'y a pas de la boue sous ces dessins en forme de briques ? demanda le loup. Quand j'ai soufflé, j'ai eu l'impression qu'elle bougeait un peu. Si je souffle plus fort, je pense qu'elle va s'écrouler.

Polly était persuadée que le loup ne pourrait jamais souffler une maison de brique, mais elle avait un peu peur tout de même.

— Essaie encore un coup, pour voir, dit-elle.

Le loup gonfla, gonfla et PFFOU ! Il souffla de toutes ses forces. L'herbe se coucha, les rosiers se courbèrent et le linge dansa sur sa corde, mais la maison ne bougea pas d'un millimètre.

— Non, dit Polly, tout à fait rassurée. Tu ne souffleras jamais cette maison. C'est vraiment de la vraie brique, et je ne vois pas pourquoi tu t'imagines que tu peux souffler une maison en brique. Même le grand méchant loup des trois petits cochons n'a pas pu souffler la maison de brique. Il a été obligé de passer par la cheminée !

— Je me disais qu'avec un bon entraînement, je pourrais y arriver, dit le loup. Après tout, les trois petits cochons, c'est une vieille histoire. Pour ce qui est de souffler les maisons, on a sans doute fait beaucoup de progrès depuis. Maintenant, c'est scientifique. D'ailleurs, j'ai un livre, ici.

Il se baissa, ramassa un petit livre dans l'herbe et le montra à Polly. Ça s'appelait : *Devenez un athlète complet.*

— Devenez un *quoi* ? demanda Polly, en se penchant pour mieux voir.

— Ça veut dire super-costaud, expliqua le loup. Attends voir, il y a un truc, ici... (Il tournait les pages à toute vitesse.) Voilà, c'est ça : « *Une respiration profonde* : en pratiquant régulièrement les exercices suivants, on peut acquérir une grande puissance respiratoire » !

— Quel genre de puissance ?

— On peut souffler très fort. Je fais ces

exercices depuis une semaine, et je peux déjà souffler beaucoup plus fort qu'avant.

— Mais pas assez fort pour faire s'envoler cette maison, dit Polly.

— Mais avec un peu plus d'entraînement, tu ne crois pas ?... demanda le loup plein d'espoir.

— Non, dit Polly. Je ne crois pas.

Le loup eut l'air abattu pendant quelques instants, puis il reprit confiance.

— Ça ne fait rien, dit-il gaiement. Si je ne peux souffler cette maison grâce à mes exercices respiratoires, je la soufflerai autrement.

— Et comment ? demanda Polly.

Le loup plongea derrière un buisson et en sortit un grand sac de cuir. Il ouvrit le sac et en tira un gros soufflet.

— Regarde ! dit-il fièrement. Avec ça, pas de problème. C'est un soufflet spécial... attends un peu.

Il tira du sac une vieille feuille de papier sale, qu'il se mit à lire.

— « Certificat de garantie. Utilisé correctement, ce soufflet peut produire un vent d'une force égale à quatre Beaufort. »

— Tu vois ? C'est sur le certificat de garantie, alors c'est vrai, dit le loup, en regardant Polly, pour voir si ça l'impressionnait.

— D'accord, mais seulement si c'est utilisé correctement, fit remarquer Polly. Dis donc, c'est quoi, un vent de quatre Beaufort ?

— C'est beaucoup, affirma le loup. C'est une force terrible. Assez fort pour te renverser. Et maintenant, ajouta-t-il en pointant le soufflet sur Polly, et maintenant, je vais souffler ta maison !

— Attends ! cria Polly, plutôt inquiète. Je ne veux pas que la maison me tombe sur la tête.

Elle quitta la fenêtre et alla s'asseoir sous la table de la cuisine.

— Ça y est, loup ! cria-t-elle. Je suis prête, tu peux y aller !

Elle entendit le loup qui se crachait dans les mains avant d'attraper son soufflet.

— À la une, dit-il d'une voix forte et tragique, à la deux, à la trois, PFFOU ! Je souffle ta maison !

Il y eut un tout petit filet d'air, comme un pneu qui se dégonfle. Et puis le silence.

— Peut-être que tu ne l'as pas utilisé correctement ? cria Polly. .

Le loup n'en revenait pas.

— Il n'y a pas trente-six façons d'utiliser un soufflet, dit-il. Sans doute que je ne l'ai pas assez ouvert.

Il y eut un craquement, comme une toile qui se déchire. Polly courut à la fenêtre pour voir le loup qui jetait deux moitiés de soufflet cassé par-dessus le mur.

— Garanti ! garanti ! marmonnait-il entre ses dents. Tu parles ? Moi, la tête dans un sac, je pourrais souffler un meilleur vent de quatre Beaufort ! Ah, les soufflets, je vous jure !

— Eh bien, tu ne pourras pas souffler ma maison, sourit Polly, en se rasseyant tranquillement devant la fenêtre.

— Oh que si ! dit le loup, en fouillant à nouveau dans son sac. J'ai un truc ici... ça marche à la poudre, alors c'est terriblement puissant. Ça va te souffler ta bicoque en un clin d'œil !

Il sortit de sa valise quelque chose qui ressemblait à un melon, dans un sac en papier un peu trop petit pour l'objet.

— Une bombe, dit tranquillement le loup. Une petite bombe, mais qui suffit à souffler un petit village ou une grande usine, alors je pense qu'elle suffira pour ta maison, tu ne crois pas ?

Il sortit une feuille de papier rose imprimée en tout petits caractères.

— « Mode d'emploi, lut-il. Comment faire exploser la Bombe-Miracle. Excellents résultats garantis. »

— Garantis ! renifla-t-il, furieux. Tu parles ! et il roula le papier en boule avant de le jeter par-dessus le mur du jardin.

— Allons-y ! dit-il.

Il prit le sac en papier par le fond et se mit à le secouer.

— Ça ne sort pas ! dit-il avec surprise.

— Oh ! fais attention ! gémit Polly. Si tu laisses tomber cette bombe, elle va nous exploser à la figure !

— Il faut bien que je la sorte de son sac, fit le loup. Sinon, je ne saurai pas comment ça marche.

Il continua à secouer le sac de toutes ses forces. Soudain, le papier se déchira, et le loup n'eut que le temps de rattraper la bombe avant qu'elle touche le sol.

— Bon, dit-il en la reniflant sous toutes les coutures. Il doit y avoir un truc quelque part pour la faire partir. Le marchand m'a montré quoi, mais j'ai oublié. Un bouton à tirer, ou à pousser, je ne sais plus.

— Oh ! fais bien attention ! dit Polly. Elle était morte de frayeur, mais il était inutile d'aller se cacher dans une autre pièce puisque toute la maison risquait d'exploser d'une minute à l'autre.

— Un mode d'emploi ! dit le loup tout à coup. Il doit bien y avoir un mode d'emploi quelque part !

Il retourna le sac déchiré, tâtonna dans la valise et regarda Polly. Puis il se mit à escalader le mur dans la direction où il avait jeté le papier rose tout à l'heure.

— Oulà !

Polly entendit des cris derrière le mur.

— Ouille-ouille ! Aïe ! Oulàlà ! Ah, fichues orties ! Aïe !

Le loup réapparut sur le mur. Il s'assit

dans le jardin en se léchant les pattes. Il n'avait pas le papier rose.

— Je me demande pourquoi il y a tant d'orties derrière ce mur, dit-il d'une voix furieuse. Je n'ai pas trouvé ces fichues instructions... Tant pis, je m'en passerai !

Il se remit à renifler la bombe.

— Il y a un petit truc qui dépasse, là. Si j'essayais de le pousser pour voir ?

Polly prit son courage à deux mains et dit le plus calmement qu'elle put :

— Comme tu voudras. Tu sais ce que tu risques.

— Qu'est-ce que je risque ?

— Si ce truc fait exploser la bombe...

— Ça soufflera ta maison ! coupa le loup, triomphant.

— Oui, mais ça nous soufflera aussi par la même occasion.

— Nous ?

— Toi et moi. Il ne restera pas assez de moi pour te nourrir, et il ne restera pas assez de toi pour avoir envie de me manger.

Le loup se mit à réfléchir à la question.

— Tu veux dire que je risquerais d'être tué ?

— Si cette bombe explose pendant que tu la tiens dans tes mains, tu n'as pas plus de chances que moi de t'en sortir vivant.

— Oh ! fit le loup. (Il tendit la bombe à Polly.) Tiens ! dit-il généreusement, prends-la ! Je t'en fais cadeau. Je ne suis pas doué pour ce genre de choses. Regarde, tu vas trouver comment ça marche. Tu es futée, tu sais, Polly. Tu vas trouver ça tout de suite !

Polly secoua la tête.

— Non, merci, mon loup. Moi aussi, je tiens à ma peau. Je n'en ai qu'une.

— Vraiment ?

— Vraiment. Remets ça dans ta valise et va la jeter très loin d'ici.

— Je pourrais peut-être la donner à un petit garçon qui aime bien bricoler ? suggéra le loup, en enveloppant soigneusement la bombe dans les débris du sac.

— Non, ça serait trop dangereux.

— Ah oui ! je vois ce que tu veux dire, admit le loup. Il risquerait de me la faire exploser dans le nez !

— Tu ferais mieux de la rendre au marchand, dit Polly. Et fais attention, ne secoue pas trop la valise en chemin ! C'est fragile !

— Je ferai attention ! promit le loup.

Il prit la valise en serrant délicatement la poignée entre ses dents et se mit à trotter vers la porte de derrière. Au moment de sortir, il posa doucement la valise et se retourna vers la maison. Longuement, il examina le toit.

— Polly ! cria-t-il, Polly ! Ta cheminée... quand est-ce qu'on l'a ramonée ?

Polly faillit pouffer de rire, mais elle se retint :

— Euh... il y a six mois, je crois. Mais pourquoi ? Qu'est-ce que ça peut te faire ?

— Comme ça, dit le loup. Juste pour savoir. Je m'intéresse aux cheminées, voilà tout.

— Il faudra que tu viennes voir la nôtre, alors, dit gentiment Polly. Elle est très étroite et vraiment dégoûtante à l'intérieur. Mais elle fait plaisir à voir, avec cette grande marmite d'eau bouillante qui reste tout le temps sur le feu, au cas où quelque chose de méchant tomberait par la cheminée...

— C'est bien aimable, dit le loup, mais pas maintenant, j'ai du travail !

Et, ramassant délicatement la valise entre ses dents, il reprit sa route, à pas lents et prudents. Il lui fallut deux jours pour atteindre le village.

## VI

## L'ENFANT DU LUNDI

Polly était assise sur l'herbe, dans le jardin. Elle tressait une couronne de pâquerettes. Elle s'était laissé pousser l'ongle du pouce exprès pour ça, ce qui veut dire que, depuis quinze jours, elle répétait à sa mère :

— S'il te plaît, ne me coupe pas l'ongle de ce pouce, j'ai besoin qu'il pousse.

Et sa mère le lui avait laissé pousser. Maintenant, il était très long, très beau, très peu noir. Et il filait entre les tiges vertes et les pétales blancs, et la couronne de pâquerettes s'allongeait, s'allongeait...

En travaillant, Polly parlait toute seule. Ou plutôt elle chantait. Enfin, entre les deux.

— L'enfant du lundi est bien joli, disait-elle.

L'enfant du mardi est très gentil.

L'enfant du mercredi...

— ... creuse l'appétit, coupa le loup.

Il regardait gloutonnement par-dessus le mur du jardin.

— Ce n'est pas ça ! dit Polly indignée. C'est : L'enfant du mercredi se fait du souci, l'enfant du jeudi est toujours parti. Ce poème ne parle pas du tout d'appétit.

— Le poème que je connais, moi, ne parle pas de souci, ni de toujours parti ! protesta le loup. À quoi ça servirait, d'abord ?

— À quoi ça SERVIRAIT ? répéta Polly. Ça n'est pas fait pour servir à quelque chose. Ça dit simplement comment sont les enfants qui sont nés n'importe quel jour de la semaine.·

— Bien fait pour eux, dit le loup.

— Pardon ? dit Polly.

— Ça leur apprendra à naître n'importe quel jour de la semaine, dit le loup. Ils n'avaient qu'à faire attention !

— Ooooh ! fit Polly, en levant les yeux

au ciel. Je vois que je me suis mal expliquée. Écoute, loup ! Si tu es né un lundi, tu seras bien joli, parce que le poème le dit. Et si tu es né un mardi, tu seras très gentil. Tu piges ?

— Bien joli ! dit le loup. J'aimerais mieux être bien rempli ! Comme dit maman, la beauté, ça ne se mange pas en salade !

— Et si tu es né un mercredi, tu te feras du souci, continua Polly, imperturbable.

— C'est gai ! dit le loup. Mon poème à moi est très différent. Il dit que l'enfant du mercredi creuse l'appétit. C'est tout de même plus utile à savoir ! Mon poème à moi est un poème utile !

— Il ne parle que d'appétit ? demanda Polly.

Le loup réfléchit un moment.

— Non, finit-il pas répondre. Il n'y a rien d'autre sur l'appétit. Mais c'est bon tout de même. Il vous dit tout ce que vous avez vraiment besoin de savoir. Des renseignements utiles, quoi.

— Il ne parle que de cuisine ? demanda Polly d'un air sévère.

— En gros, oui. Mais il parle aussi

d'enfants, dit le loup en se léchant les babines.

— C'est dégoûtant, dit Polly.

— Mais pas du tout, protesta le loup, c'est passionnant, au contraire. Et c'est très instructif. Tiens, je te parie que je peux deviner quel jour tu es née, Polly.

— Quel jour ?

Le loup regarda Polly très attentivement. Puis il regarda en l'air, comme s'il se répétait quelque chose dans la tête.

— Un lundi ou un mardi, dit-il enfin.

— C'était un lundi, admit Polly. Mais tu aurais pu le deviner grâce à MON poème.

— Qu'est-ce qu'il dit, le tien ? demanda le loup.

— L'enfant du lundi est bien joli. Et je ne suis pas laide, n'est-ce pas…, dit Polly en rougissant.

— Vas-y. Dis tout ton poème.

Polly récita :

L'enfant du lundi est bien joli,
l'enfant du mardi est très gentil,
l'enfant du mercredi se fait du souci,
l'enfant du jeudi est toujours parti,

l'enfant du vendredi aime et donne aussi,
l'enfant du samedi gagne mal sa vie,
mais l'enfant qui naît un dimanche
est tendre et joyeux comme un ange.

— Beuh ! brailla le loup. Ce que c'est
gnan-gnan ! Il n'y a pas un seul renseigne-
ment vraiment intéressant sur les enfants !
Et, de toute façon, c'est des trucs que
n'importe qui peut voir du premier coup
d'œil.

— On ne voit pas forcément qu'un
enfant se fait du souci, dit Polly.

— Non, admit le loup. C'est certainement le meilleur vers, parce que c'est bon
à savoir, ça. Un enfant qui se fait du souci
s'aigrit très vite, il se fait de la bile et du
mauvais sang, bref, il devient complètement
immangeable ! Et si l'on ne veut pas
s'empoisonner, il vaut mieux être prévenu !
Mais à part ça, ton poème est débile !

— Et le tien, il n'est pas débile, peut-
être ? demanda Polly furieuse.

— Certainement pas ! Il est bon d'un
bout à l'autre. Écoute-moi ça, c'est du
grand art :

L'enfant du lundi est bien rôti,
l'enfant du mardi est meilleur frit,
l'enfant du mercredi creuse l'appétit,
l'enfant du jeudi est toujours trop cuit,
l'enfant du vendredi se mange bouilli,
l'enfant du samedi très mal vous nourrit,
mais l'enfant qui naît un dimanche
est tendre et juteux comme une orange !

— Voilà ce que j'appelle de la poésie ! Ça vous prend aux tripes !

Le loup se frottait le ventre tout en regardant Polly d'un air goulu.

— Moi, ça me fait quelque chose là, continua-t-il en appuyant la main sur son estomac. Une sorte de gargouillis sublime. Quelle beauté ! C'est comme si on mangeait des tas de plats différents sans attraper d'indigestion ! Ah, ça n'est pas ton poème qui ferait cet effet-là !

— Ça non, reconnut Polly.

— Mais quel effet ça te fait, alors ? demanda le loup.

— Euh.. rien de précis. Mais j'aime ça. Je voudrais avoir un enfant du dimanche pour qu'il soit comme dit le poème !

— Moi aussi, j'aimerais en avoir un, admit le loup. Malheureusement, c'est rare, les enfants du dimanche. Il paraît qu'ils sont tellement juteux qu'ils fondent dans la bouche !

— Je ne voulais pas dire en avoir un à manger, mais en avoir un À MOI. Tendre et joyeux comme un ange.

61

— Tu es née quel jour, au fait ? demanda le loup. Un lundi ou un mardi ?

— Un lundi, dit Polly. Bien jolie.

— Bon rôti, dit le loup pensivement. Est-ce que j'aurai assez de place dans mon four ? Bah, je pourrai toujours la cuire en deux fois !

Et il bondit sur la pelouse. Mais Polly avait été plus rapide que lui, et avant qu'il ait retrouvé son équilibre, elle s'était déjà barricadée dans la maison.

— Tant pis, soupira le loup en se relevant. Ah ! la poésie ! On a bien raison de dire que ça ne nourrit pas son homme ! Mais ça ne fait rien, j'ai horreur du rôti. Je vais faire un repas de crudités, c'est meilleur pour la ligne.

Et, ramassant la couronne de pâquerettes oubliée par Polly, il n'en fit qu'une bouchée et s'éloigna en sifflotant, le nez au vent et les mains dans les poches.

## VII

## LE LOUP AU ZOO

Un jour, la mère de Polly emmena sa fille au Zoo. Elles regardèrent les ours et les otaries, les chameaux et les pingouins. Elles virent des poissons, des singes, des serpents, des souris et des tortues. Puis elles sont allées voir les tigres et les lions, et Polly était ravie.

— Maintenant, dit-elle à sa mère, je voudrais voir les renards et les loups. Je voudrais voir si mon loup ressemble aux autres...

— Vas-y toute seule, dit sa mère en s'asseyant sur un banc. Je t'attends ici.

Polly alla voir les renards, qui avaient tous l'air de dormir, et les hyènes, qui ne dormaient pas mais qui sentaient mauvais. Et puis elle alla voir les loups.

Dans la première cage, il y avait un petit loup qui mangeait dans son coin. Dans la cage suivante, il y avait un grand loup noir, qui ressemblait comme deux gouttes d'eau au vieil « ami » de Polly.

— Ça alors ! On dirait mon loup ! s'étonna-t-elle.

— Coucou, Polly ! dit le loup d'un air piteux. Alors, tu as fini par me retrouver… Mais comment tu as fait pour savoir que j'étais ici ?

— Je ne savais pas, dit Polly. C'est une coïncidence. J'étais juste venue pour voir les loups. Je ne m'attendais pas à te trouver ici, loup.

— Ah, malheur de malheur ! gémissait le loup.

Deux grosses larmes roulèrent sur sa joue noire avant de tomber sur la sciure de la cage. Polly en eut le cœur serré.

— Comment es-tu venu ici ? demanda-t-elle. Tu l'as fait exprès ou bien tu as été capturé comme les autres animaux ?

— Les autres animaux ! dit le loup amèrement. (Sa voix était brouillée de larmes.) Parce que tu t'imagines que j'ai fait exprès de venir m'enfermer dans cette cage puante où je n'ai même pas la place de me moucher ? Au lieu de ça, je pourrais être dehors, à chasser la Polly et toutes sortes de succulents gibiers.

— Justement, dit Polly. Tu aurais pu en avoir assez de chasser des petites filles insaisissables et vouloir qu'on te nourrisse sans rien faire, pour changer un peu. Tu es bien nourri, ici, au moins ? demanda-t-elle poliment.

— Tu parles ! Des os, dit le loup d'une voix lugubre. Des os et rien d'autre. Presque pas de viande autour. Et toujours crus. Moi qui ai goûté à ta cuisine délicieuse ! Des os crus, qu'on me jette à travers les barreaux ! Des os qui tombent dans la sciure ! Moi qui n'aime que le persil ! Ah ! quand je pense à ta cuisine, ça me fait mal !

— Mais alors, demanda Polly, comment es-tu venu ici ?

— J'ai lu une petite annonce, dit le loup. (Il avait l'air plutôt gêné.) « Recherchons Loup », ils disaient. « La société des amis du Zoo Truc-Chouette accueillerait un grand loup, noir et distingué. Nourriture et hébergement gratuits. » J'y suis allé, continua le loup. C'est le verbe « accueillerait » qui m'a attiré.

— Et puis ?

— Tu parles d'un accueil ! Je me suis fait avoir ! hurla le loup. Puis il reprit tristement : À peine arrivé, ils m'ont jeté dans cette cage sans écouter mes explications. J'ai eu beau leur crier sur tous les tons que j'étais leur loup, celui de l'annonce, ils ont bouclé la grille à double tour. Je suis grand, non ? et noir ? et distingué ? Je suis un loup, oui ou non ? Ils m'ont jeté un os pour me faire taire. (Une grosse larme mouilla sa fourrure.) Ils me traitent comme une bête sauvage... (Il pleurait presque.)

Et Polly aussi.

— Oh, mon pauvre loup ! dit-elle, bouleversée.

— Nourriture et hébergement gratuits ! gémissait le loup. Il ne manquerait plus qu'ils me fassent payer un loyer pour ce trou à rats. Payer pour *ça* ! ajouta-t-il en retournant mollement un os grisâtre et sec, qui s'ennuyait sur la sciure, tel un croûton derrière une vieille malle.

— J'ai un caramel dans la poche, dit Polly. Tu le veux ?

Elle défit le papier et tendit le bonbon à travers les barreaux. Le loup, d'un seul coup, referma les mâchoires. Pour un peu, Polly avait la main arrachée.

Un gardien siffla. ·

— Attention ! mademoiselle ! Pas de nourriture aux animaux ! Puis il ajouta, d'un ton plus amical : Faut se méfier des loups, vous savez ! Des sales bêtes !

Le loup gronda si bien que le gardien fit un clin d'œil à Polly :

— Vous voyez ? Des sales bêtes, les loups !

Mais Polly savait bien que c'était la tristesse qui rendait le loup si méchant, la tristesse d'être seul, abandonné et toujours affamé. Elle décida de ne plus passer la main à travers les barreaux, mais elle resta devant la cage.

— Hé ! loup ! chuchota-t-elle. Je vais essayer de t'apporter quelque chose à manger. Qu'est-ce qui te ferait plaisir ?

— Une jolie petite fille juteuse et

dodue. Et bien fraîche. En salade, avec du persil, des champignons, du...

— Ça suffit ! ordonna Polly. Assez d'âneries. Tu n'auras pas de petite fille. Ne compte pas sur moi. Mais, je ne sais pas, moi, je pourrais te faire une tarte aux pommes, un vacherin à la meringue ou de la crème fouettée. Tu aimes la crème fouettée, mon loup ?

— J'aimerais mieux une petite f..., commença le loup. (Il s'interrompit en croisant le regard noir que lui jetait Polly.) J'aime tout, reprit-il. Tout sauf les os, j'en ai tant que j'en veux, ici, des os. Mais ce qui me ferait le plus plaisir, Polly, ça serait que tu me fasses sortir d'ici.

— Sortir de ta cage ? demanda Polly. (Elle regardait les barreaux épais d'un air sceptique.) Ça m'étonnerait que j'y arrive. Ces barreaux sont solides, et je n'ai pas de clé.

— Bien sûr qu'ils sont solides ! Mais pour la clé, tu peux t'arranger. Après tout, tu es Polly la futée, tu dois pouvoir trouver une solution !

— Je vais y réfléchir, dit Polly. (Elle

était sincèrement désolée pour lui, mais elle ne pouvait s'empêcher d'avoir quelques soupçons.) Mais comment puis-je être sûre que tu ne vas pas te jeter sur moi pour me dévorer aussitôt après ?

— Tu ne peux pas en être sûre, répliqua le loup avec naïveté. Peut-être que je te dévorerai, et peut-être pas. Ça dépendra de mon humeur du moment. Tu verras bien.

— Alors, tu peux toujours courir pour que je te délivre ! s'exclama Polly, indignée. Te faire sortir pour me faire manger ? Je ne suis pas si bête !

— Évidemment, il est fort possible que je te sois très reconnaissant, s'empressa d'ajouter le loup. Tellement reconnaissant que je pourrais même fort bien décider de ne te manger que plus tard, tu vois ? S'il te plaît, Polly, aide-moi. À part toi, je ne peux compter sur personne. Si tu ne m'aides pas, je finirai mes jours dans ce zoo.

Le cœur de Polly se mit à fondre. Elle promit au loup de lui apporter quelque chose à manger et d'étudier un plan d'évasion.

Le lendemain, Polly fit de la pâtisserie chez elle et, le surlendemain, elle apporta au loup une superbe quiche au lard et aux oignons ; elle la glissa sous les barreaux pendant que le gardien ne regardait pas ; puis elle attendit, pour voir la réaction du loup.

— Ah ! dit le loup. Une quiche ! C'est mon hors-d'œuvre préféré !

Il n'en fit qu'une bouchée. Polly pâlit.

— Loup, dit-elle après quelques instants, tu ne sens pas comme un poids sur l'estomac ?

— Avec ça ? dit le loup. Tu veux rire ! C'est tout juste un biscuit d'apéritif !

— Mais... mais je ne pensais pas que tu la mangerais comme ça d'une seule bouchée !

— Ne t'en fais pas, dit le loup, nous autres loups, nous avons l'estomac blindé ! Tiens, avec un joli petit morceau comme toi je ferais... disons, trois ou quatre bouchées, pas plus. Alors avec une quiche, tu parles !

— D'accord, dit Polly, mais ce n'était pas une quiche *ordinaire* !

— Oh non, bien sûr ! dit le loup. Elle était délicieuse. Vraiment !

— Je veux dire qu'il n'y avait pas que du lard et des oignons, dedans !

— Attends, laisse-moi deviner, reprit le loup. Il devait y avoir aussi du fromage... et peut-être un peu d'ail, non ?

— Il y avait une clé, dedans.

Un grand silence. Et le loup finit par dire :

— Une clé qui aurait pu ouvrir la porte de ma cage ?

— Probablement, dit Polly. J'ai demandé au serrurier une clé pour ouvrir les portes des cages, et elle avait l'air d'aller.

— Alors, j'aurais pu me libérer ?

— C'est ça, dit Polly.

Un autre grand silence.

— Ouah, dit le loup. J'ai comme un poids sur l'estomac ! Ou-ah ! ça me fait un mal de chien ! Je crois que je vais me coucher !

— Je vais trouver autre chose, dit Polly en s'éloignant. Mais je t'en supplie, loup, la prochaine fois, regarde avant de manger ce que je t'envoie !

Deux jours plus tard, le loup reçut un paquet long et mince.

Il déchira la ficelle et le papier, et il trouva une grande sucette rayée de blanc et de jaune, où il y avait écrit : *Cambrai*. Un gardien soupçonneux était resté pour voir si le paquet ne contenait rien d'interdit. Quand il vit la sucette géante, il se mit à rire, et il s'éloigna, en emportant la ficelle et l'emballage.

« C'est un message ! se dit le loup. Il faut que je lèche ça tout doucement, et je pourrai lire le message au fur et à mesure et je saurai comment sortir d'ici ! »

Il se mit à lécher tout doucement la sucette jaune et blanc. Il l'a léchée bien soigneusement, de haut en bas, et de long en large pendant une bonne demi-heure, mais il y avait toujours écrit : *Cambrai.*

« Curieux, pensait le loup. Léchons encore ! »

Il continua pendant un bon moment encore, et quand la sucette géante fut de la taille d'une pièce de 5 francs, il y avait toujours écrit : *Cambrai.*

— C'est fou ! grogna le loup, en croquant ce qui restait de la sucette. J'ai fait ce que j'ai pu, mais je n'y comprends rien. En tout cas, Polly ne pourra pas me dire qu'il y avait une clé dans cette sale sucette. Et si c'était un message, eh bien, elle a une curieuse façon de s'exprimer ! « Cambrai » ! Quelle bêtise !

Quand Polly revint, la semaine d'après, elle avait l'air désolée.

— À ce que je vois, c'est encore raté, dit-elle. J'espérais que tu serais dehors...

— Et comment j'aurais pu sortir, d'après toi ? gronda le loup.

— En limant les barreaux. Cette grande sucette que je t'ai envoyée...

— C'était de la bêtise ! dit le loup. Il y avait écrit « Cambrai », c'est tout. Ça m'a fait une belle jambe !

— Quel imbécile tu fais ! s'exclama Polly. La sucette, c'était pour tromper les gardiens ! Le plus important, c'était la lime ! Elle était dans le papier, et c'est pour ça qu'il fallait un long paquet ! Je pensais que tu allais limer tes barreaux pour t'enfuir, mais tu as dû jeter la lime avec le papier !

Le loup ne répondit pas, mais Polly comprit qu'elle avait deviné juste.

— Je te donne une dernière chance, dit-elle, en lui tendant un flacon avec une étiquette. Et cette fois-ci, pas d'erreurs stupides, hein, mon loup ? Il faut que je m'en aille, maman m'attend.

Après son départ, le loup examina le flacon, le tourna, le renifla, le retourna ; et puis il réfléchit longuement. Pas de papier d'emballage, donc pas de lime. Une clé à l'intérieur ? Il tira le bouchon avec ses crocs et trempa sa longue langue rouge.

— Ah, se dit-il, c'est très bon. Fort et sucré. Je vais le boire doucement, tout doucement, pour voir s'il y a quelque chose au fond.

Et il but tout le flacon.

Quelques jours plus tard, Polly vit venir le loup sur la route. Il marchait tranquillement et il s'arrêta devant chez elle.

— Bravo ! lui cria-t-elle. Tu as fini par t'en sortir.

— Eh oui ! dit le loup.

— Tu as versé le somnifère dans le thé du gardien ?

— Non, dit le loup, gêné. Pas vraiment...

— Dans son verre de bière, alors ? insista Polly.

— Non plus, non...

— Dans son jus de fruit ?

— À vrai dire, je n'ai rien donné au gardien. C'est moi qui ai bu tout le flacon.

— Mais sur l'étiquette...

— Je n'ai pas lu l'étiquette. La dernière fois, tu m'avais envoyé une sucette où il y avait une bêtise, alors, ce coup-ci, je ne me suis pas donné la peine de lire. J'ai bu le truc pour voir s'il y avait quelque chose au fond.

— Et alors ?

— Alors, je suis allé me coucher. Et j'ai dormi, dormi, dormi. Si bien qu'ils m'ont cru mort et, après deux ou trois jours, ils n'ont plus fermé la porte de ma cage. Quand je me suis réveillé, je suis parti tranquillement, et me voici. Maintenant, j'ai très faim, je vais te manger !

Mais Polly détala. Elle courut si vite qu'elle était bientôt chez elle, enfermée à double tour. Le loup, courbatu par son séjour en cage et affaibli par le somnifère, n'avait pas eu le temps de faire deux pas pour la poursuivre...

## VIII

## POLLY SE PROMÈNE

Vous avez sans doute remarqué que le loup était fermement décidé à avoir Polly par tous les moyens, et que Polly était fermement décidée à ne pas se laisser avoir.

Un jour, Polly se promenait en ville, quand elle vit le loup qui la suivait pas à pas, en regardant ses pieds.

— Eh bien, loup, qu'y a-t-il encore ? demanda-t-elle impatiemment. Pourquoi regardes-tu mes pieds ? J'ai un trou à mes chaussettes ?

— Je me moque de tes chaussettes, dit le loup. Je regarde simplement si tu ne marches pas sur les joints entre les dalles. Tant que tu marches bien sur les dalles, tu n'as rien à craindre. Mais si tu marches sur un joint entre deux dalles, crac, je t'attrape, et je t'avale !

Polly faisait bien attention où elle posait les pieds.

Elle marchait toujours soigneusement au milieu de chaque pierre. Mais elle arriva au milieu d'un groupe de personnes, et quelqu'un la bouscula. Elle perdit l'équilibre et posa un pied sur un joint.

— Je t'attrape ! hurla le loup en bondissant, la gueule ouverte.

— Une minute, mon loup ! dit Polly. Ce n'est pas de jeu ! Tu peux très bien décider que tu m'auras si je marche sur un joint, mais si c'est toi qui marches sur un joint, qu'est-ce que j'aurai, moi ?

— Comment, comment ? dit le loup, déconcerté.

Il n'avait pas du tout fait attention où il posait les pattes.

— C'est bien simple, dit Polly, si tu as le droit de me manger quand je marche sur un joint, je dois aussi avoir le droit de te manger quand tu marches sur un joint. C'est juste, oui ou non ?

— Ben oui, dit le loup, c'est juste.

78

Il était bien embêté.

— Bon. Alors moi, j'ai marché sur un joint parce qu'on m'a bousculée. Mais toi, tu as marché sur des tas de joints simplement parce que tu ne faisais pas attention. Qu'est-ce que tu dis de ça, mon loup ?

— Attends ! On recommence, ça ne comptait pas ! dit le loup à toute vitesse. Allez, on y va : un... deux... et trois !

Mais Polly fit bien attention de ne marcher sur aucun joint, et elle rentra chez elle sans incident.

Le lendemain, elle alla se promener dans la forêt. Elle s'aperçut que le loup la suivait encore.

— Touche du bois ! lui cria le loup derrière les arbres. Tant que tu touches du bois, tu n'as rien à craindre. Mais dès que tu arrêtes, je t'attrape et je t'avale.

Polly courut d'un arbre à l'autre. Plusieurs fois, le loup voulu l'attraper quand elle quittait un arbre, mais elle arrivait toujours à toucher un autre arbre avant que le loup ne soit sur elle. Petit à petit, elle se rapprochait de chez elle, puis elle atteignit la lisière de la forêt. Pour rentrer chez elle, il fallait suivre une route sans un seul arbre.

— Hé ! hé ! dit le loup. Plus d'arbres, hein ? Je te tiens !

Polly fouillait la route et le talus du regard. Pas le moindre arbuste en vue. Elle se voyait déjà obligée de rester cent sept ans sous le dernier arbre de la forêt. À moins que... Soudain, elle eut une idée. Elle cassa une branche morte et la montra au loup.

— Et ça, qu'est-ce que c'est ? demanda-t-elle.

Le loup hésita.

— Ben... C'est du bois mort, dit-il.

— Et le bois mort, c'est du bois ?

— Bien sûr que c'est du bois, répondit le loup en haussant les épaules.

— Regarde ! Je touche du bois ! cria Polly en brandissant la branche morte.

Et elle courut d'une seule traite jusque chez elle, où elle s'enferma à double tour.

Pendant plusieurs jours, Polly fit bien attention de ne jamais sortir toute seule mais, un matin, sa mère l'envoya poster une lettre au coin de la rue. Et Polly sortit, la lettre à la main.

Au moment où elle atteignait la boîte à lettres, le loup la rejoignit, en souriant de tous ses crocs.

— Hé, hé ! ricana-t-il. Ce coup-ci, je te tiens !

Polly avait déjà glissé la lettre dans la boîte, mais elle ne la laissa pas tomber à l'intérieur.

— Une minute, mon loup ! dit-elle. Je suis ici pour quoi faire, à ton avis ?

— Euh... pour te dégourdir les jambes ? hasarda le loup.

— Non. Devine un peu, dit Polly.

— Pour me voir ! dit le loup, en se léchant les babines.

— Non plus, dit Polly. Regarde ma main. Non, pas celle-là, imbécile ! Celle qui est dans la boîte !

— Pour poster une lettre ! s'exclama le loup, tout surpris.

— C'est ça ! dit Polly. Une lettre de qui, une lettre pour qui, une lettre pour quoi ? Une lettre de ma mère pour le président de la Société protectrice des enfants martyrs, qui lui dit de venir te chercher pour t'emmener très loin dans une cage dont tu ne sortiras jamais plus parce que tu m'as mangée. Ça te plaît, mon loup ?

— Non, répondit-il. Ça ne me plaît pas du tout.

Il avait l'air abattu par la nouvelle. Puis il se reprit :

— Ce n'est rien. Je n'aurais qu'à manger la lettre en même temps que toi, ça me fera un petit dessert ! Comme ça, personne n'en saura rien !

— Mais ma lettre est déjà dans la boîte, dit Polly. Je la tiens encore, mais si tu me touches, j'ouvre la main, et la lettre est postée !

— Oh non, non ! gémit le loup. Ne la lâche pas, je t'en supplie ! Rapporte-la à ta mère et dis-lui d'écrire plutôt que j'ai promis de ne pas manger d'autres petites filles, et que ce n'est pas la peine qu'ils m'enferment plus d'une semaine !

— Impossible ! dit Polly. Tu vas me manger, alors je ne pourrai pas rapporter cette lettre à ma mère, et elle ne saura pas ce que tu veux qu'elle écrive !

Le loup se mit à réfléchir. Puis il dit tristement :

— D'accord. Je ne te mangerai pas ce coup-ci, Polly, pour que tu rapportes cette lettre à ta mère et que tu lui expliques ce que je t'ai dit. Mais la prochaine fois, tu ne t'en tireras pas si facilement, je te préviens ! Fais attention !

Polly la futée reprit la lettre pour sa tante et rentra chez elle en sifflotant. L'après-midi, elle posta la lettre dans une autre boîte, car elle ne voulait pas priver sa tante des nouvelles de toute la famille, même pour faire plaisir à cet imbécile de loup.

## IX

## LE SEPTIÈME PETIT CHEVREAU

Polly était seule à la maison et ce n'était pas la première fois. On sonna à la porte. Comme ses aventures l'avaient rendue plutôt méfiante, elle n'ouvrit pas tout de suite. Elle poussa le couvercle de la boîte à lettres et regarda dehors.

— Qui est là ? cria-t-elle.

— Ta mère, mon enfant ! hurla une grosse voix qu'elle connaissait bien. Je reviens des commissions et je t'apporte une surprise !

— Ce n'est pas du tout la voix de ma mère, dit Polly, soupçonneuse.

Elle ne voyait pas grand-chose par la fente de la boîte à lettres, mais elle avait déjà deviné qui c'était.

— Répète-moi ça, pour voir ?

— Ta mère, mon enfant, redit la grosse voix, je t'apporte une surprise !

— Pourquoi ? demanda Polly, intéressée malgré elle.

— Comment, pourquoi ? dit la voix avec impatience.

— Pourquoi une surprise pour moi ? Ce n'est pas mon anniversaire ! Il n'y a pas de raisons…. Et mes sœurs, alors ?

— Malheur de malheur ! hurla la voix, encore plus grosse et plus dure qu'avant. Pourquoi est-ce que tu as toujours besoin de savoir et de poser des questions à n'en plus finir ? Je n'en sais rien, moi ! Ce que j'en dis, c'est juste pour te faire ouvrir la porte !

— Oh, va-t'en, loup ! dit Polly. Je t'ai reconnu. Tu n'as pas du tout la voix de ma mère. Elle a une gentille voix douce, et toi, tu as une voix… euh… une vraie voix de loup, quoi… Je n'ouvrirai pas la porte, et tu ne m'auras pas !

Le loup s'en alla sans demander son reste.

Mais, la semaine suivante, Polly était à nouveau seule chez elle quand la sonnette retentit.

— Qui est là ? demanda Polly par la fente de la boîte à lettres.

— Ta mère, mon enfant, je reviens des commissions, je t'apporte une surprise pour toi et pour tes sœurs aussi, il n'y a pas de raison, dit le loup sans respirer et d'une toute petite voix douce qui ne lui ressemblait pas.

— Oh ! dit Polly. (Elle savait bien que ce n'était pas sa mère, car celle-ci venait de partir prendre le thé chez une amie.) Dis donc ! On est lundi, dit Polly. Les magasins sont fermés. Tu n'as pas pu faire les commissions.

Un silence. Un long silence qui dure. Et le loup répondit enfin :

— Je suis allé à l'autre bout de la ville pour trouver un magasin ouvert...

— Quelle surprise m'apportes-tu ? demanda Polly, riant sous cape.

— Ne pose pas de questions idiotes ! dit le loup. (Même en colère, il gardait sa toute petite voix douce.) Si je te dis ce que c'est, ce ne sera plus une surprise !

— Pourquoi tu ne te sers pas de ta clé pour ouvrir la porte ? demanda Polly.

— C'est que... euh, dit le loup. Ben... je... je l'ai oubliée, c'est ça ! Maintenant, ouvre-moi en vitesse, je ne peux pas rester avec tout ce miel qui me colle la bouche !

— Tiens, tiens ? dit Polly, vivement intéressée. Mais pourquoi donc as-tu du miel dans la bouche ?

— Pour me donner une voix plus haute et plus douce, évidemment ! Je te croyais plus futée que ça, Polly ! Et ma main ? Tu ne veux pas voir ma main ?

— Fais voir ta main, loup ? demanda Polly pour lui faire plaisir.

Et le loup glissa une longue patte noire par la fente de la boîte à lettres. Avant que Polly ouvre la bouche, il était déjà parti sans demander son reste.

— Eh bien, loup ! lui cria Polly comme il s'éloignait. Tu ne veux plus que je t'ouvre la porte ?

— Oh si, je le veux ! dit le loup en se retournant. Mais je sais que tu ne m'ouvriras pas aujourd'hui. La première fois, tu m'as reconnu à cause de ma voix ; cette fois-ci, tu m'as reconnu à cause de ma patte noire ; la prochaine fois, tu m'ouvriras et je t'aurai. Tu n'as pas lu *Les sept petits chevreaux*, Polly ?

— Si, je crois bien, dit Polly. Encore une histoire de loup, pas vrai ?

— Exact ! Il les mange tous, sauf un, le dernier, dit le loup en claquant sa langue rouge sur ses babines noires. Tu te rends compte un peu ? Cinq petits chevreaux pour lui tout seul ! Pas besoin de les partager ! Pour lui, tous les cinq !

— Six, dit Polly. Sept moins un égale six, et pas cinq, mon loup !

— De mieux en mieux, soupira le loup. De toute façon, je vais revenir complètement déguisé et, ce coup-là, je t'aurai, tu vas voir !

Après son départ, Polly alla chercher le livre des sept petits chevreaux, et elle relut toute l'histoire. Elle lut que si jamais un loup entrait dans une maison, il fallait se cacher dans l'horloge. C'était la meilleure cachette.

Mais deux jours plus tard, quand la mère de Polly partit faire les commissions, elle oublia sa clé pour de bon. Et Polly entendit une voix qui criait :

— Polly ! Descends m'ouvrir ! J'ai oublié ma clé, et je suis très chargée !

— Oh non ! dit Polly la futée, en riant doucement. Pas question, tu m'as déjà fait le coup deux fois !

— Dépêche-toi ! J'ai des œufs dans un sac qui se déchire, et ce filet à provisions me coupe les doigts !

— Va-t'en, mon loup ! dit Polly. Je suis occupée, je n'ai pas envie de jouer avec toi ce matin !

— Polly ! cria la voix, très en colère, ouvre cette porte tout de suite ou ça va barder !

Puis on entendit un curieux craquement. Polly descendit l'escalier quatre à quatre et regarda par la fenêtre. Elle vit sa mère sur le perron. Celle-ci avait l'air vraiment furieuse. Une bonne douzaine d'œufs étaient cassés devant ses pieds.

Polly ouvrit aussitôt.

— Il faut que j'y retourne, dit sa mère. Je n'ai pas fini les commissions. Quand je rentrerai, j'espère que tu m'ouvriras plus vite que ça !

Aussi, dès que la sonnette retentit à nouveau, Polly se précipita pour ouvrir tout de suite, sans poser de questions, ni regarder par la fenêtre. Et le loup entra dans la maison. Il portait une paire de gants blancs.

Polly ne prit pas le temps d'admirer les gants. Elle se rua dans le salon, ouvrit la porte de l'horloge et se cacha dedans.

Le loup la suivit sans se presser ; il alla droit vers l'horloge et l'ouvrit sans hésiter, découvrant une Polly toute tremblante.

— Sors de là, dit-il d'une petite voix douce. Au diable ce miel !

Il le cracha par terre et continua d'une grosse voix rauque :

— Voilà qui est mieux. Sors de là !

Polly avait très peur, mais elle n'allait pas se laisser faire comme ça.

— Tu vas me manger, loup ? demanda-t-elle.

— Cette question ! Bien sûr ! répondit-il.

— Comme le septième petit chevreau ?

— Exactement comme ça ! Sauf que je vais mieux t'apprécier vu que je n'ai pas mangé les six autres avant toi !

— Mon loup, dit Polly, as-tu lu toute l'histoire ?

— J'ai lu jusqu'au moment où il mange les six petits chevreaux, c'est tout, dit le loup. La suite ne m'intéresse plus !

— Alors, tu ne sais pas ce qui est arrivé à ce loup ? Tu ne sais pas ce qui va t'arriver si tu me manges ?

— Non, non, dit le loup. Si tu veux me le dire, dis-le-moi vite ! J'ai très faim.

— Je vais faire vite, alors, promit Polly. Mais il vaut mieux que tu saches exactement ce qui va t'arriver, non ? La maman chèvre savait très bien ce qui était arrivé à ses six petits chevreaux, aussi quand elle trouva le loup endormi, elle lui ouvrit le ventre avec ses grands ciseaux, elle fit sortir ses six enfants ; puis elle mit six grosses pierres à leur place dans le ventre du loup, avant de le recoudre avec une aiguille et du fil.

— Oh là là ! s'écria le loup. J'imagine qu'elle lui avait fait une piqûre pour l'insensibiliser, ajouta-t-il après réflexion. Pour qu'il ne sente rien, quoi...

— Ça m'étonnerait beaucoup, répondit Polly.

— Je me demande si la blessure lui faisait encore mal quand il s'est réveillé ? dit le loup.

— Il y a des chances ! dit Polly.

— Dis donc, Polly, ta mère a-t-elle de grands ciseaux ?

— De très grands ciseaux pour couper la haie.

— Et des aiguilles ? Et du fil ?

— De grosses aiguilles de tapissier et du fil très solide, tout rugueux comme de la ficelle.

— Si seulement j'étais sûr de ne pas m'endormir après le repas..., murmura le loup entre ses crocs. Bon, allez, salut, Polly ! À la prochaine ! dit-il en s'en allant. Bien le bonjour à ta mère ! Je ne peux pas l'attendre, malheureusement, il faut que je file tout de suite ! Au fait, tu peux sortir de cette horloge ! cria-t-il en claquant la porte d'entrée.

Puis Polly entendit un bruit de langue

sur le perron. Et le loup qui parlait tout seul.

— Des œufs ! se disait-il. Quelle bonne idée ! Miam-miam... Hum ! Faute de Polly, c'est toujours ça de pris !

# X

## DANS LA CUISINE DU LOUP

Pendant longtemps, Polly avait fait très attention que le loup ne l'attrape pas. Mais, ce matin-là, elle n'était sans doute pas bien réveillée, car à peine eut-elle posé un pied dehors, le loup se jeta sur elle, la saisit entre ses crocs et l'emporta chez lui, en refermant la porte derrière eux.

— Eh bien, j'ai quand même fini par t'avoir, dit-il avec satisfaction. Tu as beau être futée, Polly, ce coup-ci tu ne t'en tireras pas ! Je vais te manger tout de suite !

— Comme tu voudras, dit Polly en regardant autour d'elle. Où est la cuisine ? demanda-t-elle.

— La cuisine ? dit le loup, ahuri.

— Oui, la cuisine ! dit Polly. Tu vas me faire cuire, non ? Tu n'as tout de même pas l'intention de me manger comme ça, toute crue ?

— Mais non, mais non, bien sûr que non ! s'empressa-t-il de répondre. Tu penses ! J'ai beau être un loup, je sais vivre ! La cuisine est au bout du couloir. Mais... euh... c'est qu'il fait sombre, là-dedans. Et ce n'est pas très, très propre, j'en ai peur...

— Ne t'inquiète pas, dit Polly en le suivant, ça n'a aucune importance.

La cuisine était très sombre et très sale. Les carreaux disparaissaient sous la suie et les toiles d'araignée, le plancher n'avait pas reçu un coup de balai depuis des mois, et la vaisselle sale s'entassait un peu partout. Affreux spectacle !

— Oh là là ! dit Polly. On dirait que tu as besoin d'une femme de ménage, mon loup. Bon. On n'a qu'à réfléchir à ce qu'on va manger à midi, et pendant que tu iras faire les courses, j'essaierai de mettre un peu d'ordre dans ce bazar.

— Il n'y a pas à réfléchir à ce qu'on va manger, grogna le loup. C'est tout vu. C'est moi qui mange, et c'est toi que je mange !

— Allons, mon loup, dit Polly sérieusement, un peu de patience ! Tâte mon bras, tu verras bien si je suis mangeable !

Et elle lui tendit son coude.

Le loup tâta le coude de Polly. Puis il hocha la tête.

— C'est de l'os, fit-il. Quelle déception ! Moi qui te prenais pour une bonne petite fille bien dodue...

— Je serais sûrement bien meilleure si tu m'engraissais un peu..., suggéra Polly.

— Si tu t'imagines que je vais te rapporter des petits garçons et des petites filles à manger, tu te fourres le doigt dans l'œil ! gronda le loup, hors de lui.

— Non, non, non, pas du tout ! dit Polly. Je pensais seulement que je pourrais rester ici quelque temps, pour essayer de grossir grâce à ma cuisine. Et, tant qu'à faire, je cuisinerai pour deux, ajouta-t-elle. Je crois que tu apprécies ma cuisine, non ?

— Effectivement, dit le loup qui bavait déjà.

— Bon. Va donc me chercher des carottes et des pommes de terre, pas mal de petit salé, et peut-être quelques tomates avec des champignons ? Je vais te faire un ragoût ! dit Polly.

Le loup rouspéta un peu, pour la forme. Puis il prit un grand panier, deux filets à provisions et sortit en refermant la porte derrière lui.

Aussitôt, Polly se mit à briquer la cuisine. Elle balaya et astiqua le plancher. Elle fit la vaisselle, rangea les ustensiles, fit briller les casseroles. Elle alluma la cuisinière. Mais elle ne lava pas les carreaux. Comme le loup l'avait enfermée, elle ne pouvait pas nettoyer l'extérieur des vitres.

Quand le loup rentra, il trouva la cuisine aussi sombre, mais propre et rutilante. Polly éplucha les pommes de terre, pendant que le loup coupait les oignons et les carottes. À présent, sur la cuisinière, une marmite fumante répandait l'odeur la plus délicieuse.

Peu après, le loup levait le nez de son assiette.

— Fameux, ce ragoût ! ça devrait te faire grossir comme une vache, ou je ne m'y connais pas ! Allez, reprends-en une bonne

platée, et éponge ta sauce avec une tranche
de gros pain, ça te fera du bien, va.

— Non merci, je ne pourrais plus en
avaler une bouchée, dit poliment Polly.

Mais il en reste. Vas-y, reprends-en, toi, si tu en veux.

Pour la troisième fois, le loup remplit son assiette à ras bord et la vida complètement. Il faisait trop sombre pour qu'il pût voir que Polly n'avait presque rien mangé, et comme il se sentait bien rempli et béat, il ne se faisait aucun souci pour elle.

À la dernière bouchée, il tomba sous la table, s'endormit comme une masse, et il ronfla jusqu'au lendemain matin.

Alors, il tâta le bras de Polly, pour voir si elle était mangeable.

— Ah non ! gronda-t-il. De l'os ! Cette Polly n'est qu'un os !

— Ne t'en fais pas, dit Polly, on a tout le temps ! Aujourd'hui, mon loup, on va faire une fondue au chester et du gâteau breton ! J'ai fait la liste, et pendant que tu feras les courses, je vais continuer le ménage de cette maison.

— C'est nourrissant, au moins, la fondue au chester et le gâteau breton ? demanda le loup avec une pointe de soupçon.

— Si c'est nourrissant ! s'exclama Polly. Ma grand-mère n'en mange jamais parce qu'elle veut maigrir, mais tous ceux qui veulent prendre du poids se nourrissent presque exclusivement de gâteau breton !

Alors, le loup s'en alla faire les courses. Mais il n'oublia pas de refermer la porte derrière lui.

Et quand il revint, Polly fit une fondue au chester et du gâteau breton. Encore une fois, elle ne mangea presque rien, tandis que le loup dévorait comme quatre.

Et puis le loup s'endormit. Il rêva de Polly au chester et de gâteau Polly, et c'étaient des rêves délicieux.

Le lendemain, le loup tâta le bras de Polly, c'était toujours de l'os.

— Aujourd'hui, dit-il, tu as intérêt à nous faire quelque chose de vraiment bourratif. Je ne peux plus attendre, et tu ne grossis pas d'un poil. Je crois que tu m'as roulé quand tu m'as dit que le gâteau breton était nourrissant !

— Puisque c'est comme ça, dit Polly, je vais faire de la potée auvergnate et des crêpes à la crème de marron !

— Des crêpes ! Miam ! fit le loup. C'est comment, la potée ?

— La potée ? C'est super ! Un peu lourd, mais c'est ce qu'il faut !

— Oui, dit le loup.

Et ils mangèrent de la potée et des crêpes. Polly en prit très peu, mais le loup descendit quatre assiettes de potée et quatorze crêpes complètes jambon-œuf-fromage. Encore une fois, il s'endormit dans la cuisine.

Le lendemain, il était furieux. Le coude de Polly était toujours aussi dur.

— Tu n'es qu'un grand os dur ! hurla-t-il. Quand je pense que je me suis donné tant de mal pour attraper ça. Mais pourquoi tu ne grossis pas ? Moi, je n'arrête pas de grossir depuis que tu es là ! C'est incroyable, tout de même !

— Je ne sais pas, dit Polly, en prenant un air désolé. À la maison, j'étais bien plus grosse que ça !

— Est-ce que tu cuisines comme il faut, au moins ? demanda le loup. Est-ce que tu fais exactement comme ta mère ?

— Ben, je croyais, dit Polly. Mais il y a quelque chose qui ne va pas. Un truc en plus ou un truc en moins, je ne sais pas !

— Réfléchis, gronda le loup. Réfléchis bien, et tâche de t'en souvenir. Je n'attendrai pas davantage, il faut grossir, et vite !

Polly se creusa la tête. Puis elle poussa un soupir.

— Je n'y arrive pas, dit-elle. Je ne vois pas ce qui cloche...

— Ta mère pourrait te le dire, non ? demanda le loup.

— Ça, c'est une bonne idée ! dit Polly. Tu es drôlement futé d'y avoir pensé tout seul ! Je vais rentrer à la maison, je demanderai à ma mère, elle me donnera son truc, et je saurai faire une cuisine vraiment nourrissante pour que tu puisses me manger rapidement !

— Vas-y vite, alors, dit le loup en ouvrant la porte. Tu demanderas de ma part à ta mère comment faire une cuisine pour grossir. Tu n'oublieras rien de ce qu'elle te dira, hein ? Et fais vite, je suis pressé !

Polly fit très très vite ! En moins de deux, elle était chez elle, et le loup qui était pressé l'attendit un mois, l'attendit un an, peut-être l'attend-il encore.

# XI

## LE LOUP SE DÉGUISE

Peu avant Noël, le loup se dit à lui-même :

— Ce n'est pas le tout, il faut se remuer, il faut l'attraper. J'ai tout essayé, rien n'a marché. Mais j'aurai cette Polly, j'en ferai mon réveillon de Noël !

Il se prit la tête dans les pattes jusqu'à ce qu'il trouve une bonne idée.

— Je sais ! s'écria-t-il. Je vais me déguiser ! Jusqu'ici, le problème, c'est que Polly voit bien que je suis un loup. Mais si je m'habille comme un homme, elle n'y verra que du feu et se retrouvera dare-dare au fond de mon estomac !

C'est pourquoi, dès le lendemain, le loup se déguisa en crémier. Puis il s'en alla vers la maison de Polly avec une caisse pleine de bouteilles de lait.

— Du lait ! Du bon lai-ai-ait ! cria-t-il.
Mais la porte ne s'ouvrit pas.

— Du LAI-AIT ! cria le loup un peu plus fort.

— Posez les bouteilles sur le perron, s'il vous plaît, dit Polly derrière la fenêtre.

— Je ne sais pas combien il vous en faut, ce matin, dit le loup. Vous feriez mieux de sortir pour me le dire.

— Désolée, fit-elle, c'est impossible pour l'instant. Je suis sur un escabeau en train d'accrocher les guirlandes de Noël. Mais j'ai mis un papier dans le goulot d'une bouteille pour dire combien j'en veux.

Le loup trouva tout de suite le papier. Il posa deux bouteilles sur le perron, comme c'était écrit sur le papier. Puis il s'éloigna, mauvais comme une teigne.

— Crémier, je t'en fiche ! Elle n'ouvrira jamais pour un crémier, elle est bien trop futée...

Quelques jours plus tard, on frappa encore à la porte de Polly. C'était un énorme boucher tout noir, vêtu d'un grand

tablier blanc, qui portait un beau morceau de viande sur un plateau.

Polly ouvrit la fenêtre, et le loup vit qu'elle avait la tête pleine de shampooing.

— Qui est là ? demanda-t-elle. Je ne peux pas ouvrir les yeux, sinon je vais avoir du shampooing dedans.

— C'est le boucher ! dit le loup. Je vous apporte un succulent morceau de viande bien rouge !

Il s'était dit que Polly ne résisterait pas devant un morceau de viange rouge.

— Merci, dit Polly. Je descends dans une minute. Je me rince les cheveux et je vous ouvre.

Le loup était aux anges. Dans une minute, Polly ouvrirait la porte et, dans deux minutes, elle serait dans son ventre. Il ne tenait plus. Il bavait comme un jeune escargot, tandis qu'une colonie de grenouilles lui gargouillait dans l'estomac.

— Malheur, elle en met du temps pour se laver les cheveux ! Oh là là ! J'ai une de ces faims ! Malheur ! Qu'elle se dépêche !

Il avait posé son plateau et il contemplait la viande saignante avec envie.

— Après tout, elle ne sait pas combien il y en a, se dit-il. Elle ne verra donc pas qu'il en manque.

Et il s'en tailla une large bouchée.

C'était délicieux, au point d'en reprendre. Il en reprit donc encore plus.

— Je ne vais tout de même pas laisser

ce tout petit bout de viande, ça fait ridicule, se dit-il en avalant la dernière bouchée. Polly ne verra pas si j'ai de la viande dans mon plateau. Je vais le remettre sur mon épaule, et je ne le lui montrerai pas.

À cet instant, le visage de Polly réapparut à la fenêtre.

— Désolée de vous faire attendre, mon cher boucher, cria-t-elle. Maman a voulu me remettre du shampooing. Au fait, elle voudrait savoir si c'est de la grillade ou du rôti ?

— Oh, malheur ! gémit le loup. C'est les deux ! Comme elle veut !

— Mais où donc est-elle ? demanda Polly. Tout à l'heure, il y avait un gros morceau de viande sur votre plateau. Maintenant, il est vide !

— Comment, vide ? Oh, malheur ! dit le loup. Une grosse bête l'aura mangée pendant que je regardais ailleurs !

— Quel dommage ! dit Polly. Alors, vous n'avez plus de viande pour nous ?

— Eh bien, non, ma foi, dit le loup.

— Dans ce cas, pas la peine que je vous ouvre, dit Polly. D'ailleurs, je dois me sécher les cheveux. La prochaine fois, débrouillez-vous pour que personne ne mange la viande de vos clients, mon cher boucher !

Le loup rentra chez lui. Il se prit la tête dans les pattes. En quoi fallait-il donc se déguiser pour que Polly lui ouvre ? Soudain, il sut. Il serait le facteur qui apporte un paquet. Polly ne pouvait pas refuser d'ouvrir la porte à un facteur qui lui apporte un paquet... Et tant qu'il n'y aurait pas de viande dans le paquet, le loup n'y toucherait pas.

C'est pourquoi, quelques jours plus tard, un loup-facteur frappa à la porte de Polly. Il portait sous le bras un long paquet de papier brun, adressé à Polly.

Mais personne ne répondit. Il frappa encore, et le clapet de la boîte à lettres s'ouvrit.

— Qui est là ? demanda la voix de Polly.

Le loup prit un air dégagé et dit, de sa plus belle voix de facteur :

— C'est le loup... euh, je veux dire, c'est le facteur. J'apporte un gros paquet pour une certaine Polly. C'est bien ici ?

— Oui, oui. Vous pouvez le poser contre la porte, s'il vous plaît, dit Polly.

— Ah non, je ne peux pas, dit le loup. Il faut que vous ouvriez la porte pour que je vous le donne en main propre. C'est le règlement de la Poste !

— Mais je n'ai pas la permission d'ouvrir, dit Polly. Ma mère s'imagine qu'un loup rôde dans les environs, et elle m'a interdit d'ouvrir à qui que ce soit pendant son absence. Et comme elle n'est pas là, je n'ouvre pas.

— Comme c'est triste ! dit le loup. Je vais être obligé de remporter ce magnifique paquet...

— Vous n'aurez qu'à le rapporter une autre fois.

— Impossible ! Avec tout ce travail qu'on a, pendant les fêtes, c'est hors de question !

Le loup commençait à s'amuser.

— Ça ne fait rien, répondit Polly. Peut-être que ça ne m'aurait pas plu, de toute façon.

— Ça m'étonnerait ! dit le loup. C'est

quelque chose de très rigolo, qui te plaira
tout de suite !

— Qu'est-ce que c'est ? demanda Polly.

— Je ne sais pas si j'ai le droit de te le
dire..., fit le loup en ricanant.

— Mais comment sais-tu ce que c'est ?
Si tu étais un vrai facteur, tu ne saurais pas
ce qu'il y a dans les paquets que tu apportes.

— Oh ! mais si ! C'est, euh, c'est un
oiseau qui parle ! répondit-il précipitam-
ment. Je l'ai entendu qui parlait tout seul
là-dedans.

— Que disait-il ? demanda Polly.

— Oh ! cui-cui, des trucs comme ça,
répondit le loup.

— Ah bon ! Des paroles d'oiseaux !
Alors ça ne m'intéresse pas, dit Polly, qui
se doutait de quelque chose.

— Mais non, mais non, reprit le loup.
Il dit aussi des vrais mots. Il dit « Maman »
et « Papa ». Et « Jolie Poly ».

— Pas mal, dit Polly. Mais sait-il
parler vraiment ? Je ne veux que d'un oiseau
qui puisse tenir une vraie conversation.

— Ça, pour sûr ! dit le loup. On n'a

pas arrêté de bavarder tous les deux depuis le bois jusqu'ici !

— De quoi avez-vous parlé ?

— Euh, ben, du temps, bégaya le loup. On a parlé du temps, ça creuse un temps pareil. Et du réveillon de Noël. Et du temps. Et que ça creuse. Voilà, quoi.

— Et qu'est-ce qu'il mange, l'oiseau ? Il en a parlé ?

— Parfaitement ! Il mange des groseilles et du chocolat aux noisettes, dit le loup, qui inventait au fur et à mesure. Là-dessus, je lui ai dit que je n'aimerais pas ça du tout. Il me faut de la viande, à moi. Ah, donnez-moi une bonne petite f...

Il s'interrompit juste à temps.

— Une bonne petite quoi ? demanda Polly.

— Une bonne petite fricassée de veau, dit-il très vite.

— Qu'est-ce que l'oiseau a répondu ?

— Eh bien, il a répondu, il a répondu que tout ça, c'était bien bon pour un loup, mais que lui...

— Aha ! dit Polly. Ainsi donc, tu es un loup ! Tu n'es pas un facteur, tu n'es

qu'un loup, c'est tout ! Alors écoute, loup.
Fiche le camp et remporte ton paquet, je
n'en veux pas. Et ce n'est pas la peine de
revenir. Tu peux te déguiser en facteur, en
grand-mère, en Père Noël, ou en droma-
daire, tu peux même te déguiser en loup, je
ne t'ouvrirai pas et tu ne m'auras jamais,
jamais ! Joyeux Noël, loup !

Elle referma le clapet de la boîte à
lettres.

Et le loup a fait une croix sur son réveillon de Noël.

## XII

## UNE HISTOIRE COURTE

Au printemps, la pelouse autour de la maison de Polly était blanche de pâquerettes. Un beau matin, Polly se pencha à sa fenêtre, et elle vit le loup, assis dans l'herbe, qui retirait, un à un, les pétales d'une pâquerette. Il marmonnait quelque chose entre ses crocs.

Polly se pencha davantage, pour entendre ce qu'il disait. Ce n'était pas « je t'aime, un peu, beaucoup... » mais « je l'aurai, tout de suite, demain, bientôt, jamais ».

— Malheur ! s'écria-t-il en jetant une pâquerette tout effeuillée. Il n'avait sûrement pas eu la réponse qu'il voulait. Il cueillit une autre fleur et recommença.

— Tout de suite ! triompha-t-il en se ruant vers la maison.

— Ça m'étonnerait, dit Polly. Je t'ai vu arracher deux pétales à la fois, ça ne compte pas ! C'est très vilain de tricher, mon loup !

— Je ne savais pas que quelqu'un me regardait, dit le loup. Tu as de drôlement bons yeux pour voir de si loin !

— Absolument, dit Polly. Mais de toute façon, il ne faut pas tricher. Tu n'auras rien du tout si tu triches quand tu penses que personne ne te voit.

— Alors, tu crois que je ne t'aurai pas ? demanda le loup, tout déçu.

— Pas avec une pâquerette, ça, c'est sûr, répondit Polly.

— Avec les autres ? demanda le loup, plein d'espoir.

— Peut-être, dit Polly après un long silence. Si tu les fais toutes, alors peut-être.

— Toutes ? dit le loup, inquiet. Tu veux dire toutes les pâquerettes de toute la pelouse ? Mais il y en a des millions, des milliers ou même des centaines. J'en aurais pour des années à retirer tous ces pétales...

— Mais si tu ne le fais pas, tu ne sauras jamais quand tu m'auras, dit Polly.

— Et quand j'aurai fini celles-ci, d'autres auront poussé...

— Ça, tu as du pain sur la planche, admit Polly. Mais si tu t'appliques, tu pourras en faire des tas. Et tu deviendras de plus en plus rapide, avec de l'entraînement, ajouta-t-elle pour l'encourager.

— C'est que mes pattes sont si maladroites, protesta le loup. Ah ! si seulement j'avais de jolies petites mains, comme toi !

— Pour un loup, tu as de belles pattes, va, dit gentiment Polly.

— Tu ne veux pas m'aider, par hasard ? demanda le loup, plein d'espoir.

— Non merci ! dit Polly. J'ai un tas d'autres choses à faire, alors...

— Si j'épluche toutes ces pâquerettes, dit le loup, et si la dernière dit que je t'aurai, tu viendras tranquillement, sans faire d'histoire ?

Polly regarda la prairie. Il y avait des centaines, des milliers de pâquerettes. D'accord, mais le loup pouvait aller très vite, avec de l'entraînement. Et il pouvait tricher, aussi.

— Le monde est grand, dit Polly. Il y a d'autres pâquerettes un peu partout...

— Holà ! Mais avec celles-ci, c'est suffisant, non ?

— Si tu veux, dit Polly. Mais bien sûr, tu ne sauras la vérité que lorsque tu finiras la toute dernière pâquerette de la terre. Et bien sûr, je ne peux pas venir tranquillement, sans faire d'histoires, si je ne suis pas certaine que c'est la vérité.

— Quoi ? Alors, il faut que j'épluche toutes les pâquerettes de partout et de n'importe où ? gémit le loup.

— Et quand tu en seras à la toute dernière, si elle dit que tu m'auras, je viendrai, dit Polly la futée. Tu peux commencer ici, il y en a pas mal dans le coin.

# TABLE DES MATIÈRES

# LES GRANDES HISTOIRES DE LA VIE

*Tu as aimé ce livre.*
*En voici d'autres dans la même collection :*

### Les princesses ne portent pas de jeans
Brenda Bellingham

*Avec sa drôle d'allure et son imagination délirante, Léa se moque de passer pour une folle et une menteuse auprès des enfants de sa classe. Le plus troublé c'est Jeff qui, lui, trouve Léa plutôt à son goût. Amie ou ennemie, son cœur balance...*

### Dix contes de loups
Jean-François Bladé

*Savez-vous que les guêpes et les limaçons sont plus malins que les loups ? Que le renard est plus rusé ? Que l'oie, la poulette et le chat sont plus futés ? Voici dix contes du pays gascon qui vont mettre en déroute tout ce que vous pensiez savoir sur les loups.*

### Romarine
Italo Calvino

*Romarine, Poirette, Pomme et Peau... autant de curieux personnages et de drôles d'histoires menées tambour battant par le grand écrivain Italo Calvino. Huit contes du folklore italien à savourer pour le plaisir de s'en laisser conter...*

### Grand-père est un fameux berger
Georges Coulonges

*Pour Antoine, enfant de la ville qui n'a jamais vu une vache de près, les vacances chez son grand-père dans l'Aveyron sont une aventure. Mais, surtout, il est fasciné par ce vieil homme qui sait tout faire et parle patois. Bientôt, c'est le grand amour entre eux deux.*

### La grand-mère aux oiseaux
Georges Coulonges

*Brigitte s'est cassé la jambe. Elle est en convalescence chez sa grand-mère, à la campagne. La vieille dame, bourrue, parlant fort, vit seule dans sa ferme avec Pilou, le chat. Seule, pas tout à fait. Devant sa maison se trouve un arbre où les oiseaux se donnent rendez-vous.*

### On demande grand-père gentil et connaissant des trucs
Georges Coulonges

*Pascal est le seul de la bande à avoir son grand-père à la maison. Son ami Antoine est jaloux : lui n'en a pas du tout. Il décide de s'en trouver un par le biais d'une petite annonce. Mais pour épater les copains, il doit bien le choisir...*

### L'homme au doigt coupé
Sarah Garland

*Qu'est-il arrivé à l'homme au doigt coupé, le sinistre voisin de Clive ? Pourquoi a-t-il disparu ? Et que signifie l'envoi à l'école d'un mystérieux squelette à qui il manque un doigt ?*

### Touche pas à mon dragon
Jackie French Koller

*Alex, neuf ans, ne rêve que de chasser et de tuer les dragons, ennemis de son peuple. Mais lorsqu'il se retrouve nez à nez avec un dragon orphelin, il est incapable de toucher à une seule écaille de l'innocente petite créature...*

### Les bonbons sont faits pour être mangés
Guus Kuijer

*Ils sont trois : deux filles et un garçon. Ils jouent au « caoboy » et aux devinettes. Ils se taquinent, se fâchent, se réconcilient. En un mot, ils sont inséparables. Jusqu'au jour où l'un d'eux annonce une nouvelle qui change tout pour le trio.*

### La maison au fond du jardin
Guus Kuijer

*Ce que Madelief aime dans la vie, c'est rigoler. Ce n'est pas toujours facile, surtout quand sa Grand-Mère meurt. Mais pourquoi sa mère ne pleure-t-elle pas ? Madelief perce ce mystère dans la petite maison du jardin de ses grands-parents.*

## Un papa pas possible
Pierre Louki

*Mon père est horloger. Il a tout pour être heureux. Eh bien, non, c'est du théâtre qu'il veut faire ! Alors, au lieu de réparer ses montres, il fait des grimaces devant la glace. Pour les clients qui entrent dans le magasin, ça ne fait pas sérieux...*

## Le petit cheval
Pierre Louki

*Les enfants du village se sont attachés à Pompom, le petit cheval abandonné par un cirque ambulant. Pour empêcher qu'il ne soit vendu, et peut-être tué, ils décident de l'enlever et de le cacher. Mais comment le faire sortir du pré ? Où l'emmener ? Les petits voleurs ont bien des soucis !*

## On a piégé le mammouth
Jackie Niebisch

*Quatre enfants des cavernes décident de chasser un mammouth, plutôt que de cueillir des baies et des noisettes. Le plus petit d'entre eux dit qu'il suffit de tendre un piège : on creuse un trou, le mammouth tombe dedans et on l'achève avec la lance. C'est tout.*

## Gare aux éléphants !
Ulf Nilsson

*Max doit remplacer ses parents pour tenir leur boutique d'animaux. À une journaliste, il raconte qu'il accepte de garder en pension tous les animaux, quels qu'ils soient. Celle-ci le prend au mot et fait passer le message dans son journal.*

## Timothée tête en l'air
Margaret Ryan

*Timothée est sélectionné pour un concours inter-écoles. Mais il est inquiet. Il sait qu'il est tête en l'air. Que se passera-t-il si, au moment crucial, il oublie pourquoi les bouchons flottent ou ce qu'est un astéroïde ? Il s'en fait d'autant plus que ses adversaires sont les champions de l'esbroufe.*

**La poupée russe**
Joan Smith

*Tante Lotty a emmené Miranda à Moscou. À première vue, la ville est froide, les poupées russes sont moches et Tante Lotty n'arrête pas de râler. Le seul réconfort de Miranda, c'est le sourire d'une petite fille à la natte aperçue dans la queue d'un grand magasin. Si seulement elle pouvait s'en faire une amie !*

**Une copine pour Papa**
Ulf Stark

*Jules vit avec son papa. Papa travaille la nuit et Jules est souvent tout seul. Papa est distrait, ne sait pas s'occuper de la maison et Jules doit se débrouiller... Jean-Baptiste, le meilleur ami de Jules, pense que le papa de Jules devrait avoir une femme. Facile à dire...*

**Encore Polly, encore le loup !**
Catherine Storr

*« C'est ça qui cloche, bien sûr ! s'exclama le loup en se frappant le front. Je suis devenu un imbé... euh, je ne suis pas aussi futé que d'habitude. » Futée, Polly l'est toujours. Et maintenant, c'est elle qui menace de manger ce pauvre loup !*

**Un problème à quatre pattes**
Marinella Terzi

*C'est plus fort que lui, Marcos a peur des chiens. Du coup, il se prive d'aller jouer chez son amie Carlota, à cause de Catilina, son grand setter irlandais. Un jour, pourtant, il aide son ami Jean à nourrir en cachette un petit chiot abandonné.*

*kid* POCKET

**LES GRANDES HISTOIRES DE LA VIE**